THEATERBIBLIOTHEK

Noch einmal wird sie heraufbeschworen, diese typisch koloniale Atmosphäre aus brutaler Erotik und lüsterner Gewalt. Auf der Baustelle einer französischen Firma in einem westafrikanischen Land wird ein schwarzer Arbeiter von einem weißen Ingenieur getötet. Alboury, ein »Bruder« des Ermordeten, kommt, um unnachgiebig die Herausgabe der Leiche zu fordern. Als er sich weder dem Geld noch den Gewehren der Weißen beugen will, bricht deren satte Selbstgewissheit zusammen. Immer mehr überlagern die fremden Geräusche des schwarzen Kontinents die scheinbar vernünftigen Argumente der Europäer. Einzig Léone, die aus Paris angereiste Geliebte des Baustellenführers, scheint zu ahnen, dass die Logik ihrer Landsleute in einem tödlichen Kreislauf enden wird. Sie erklärt sich selbst zur schwarzen Frau und will mit Alboury fliehen.

Ein Namenloser in einer regnerischen Nacht auf der Suche nach einem Zimmer. Alles was wir über ihn erfahren, erzählt er uns selbst. Brabbelnd, plappernd, schimpfend versucht er sich die Welt und deren Bewohner zu erklären. *Die Nacht kurz vor den Wäldern* ist ein langer Monolog, den Tiraden Célines vergleichbar, gerichtet an einen Fremden, von dem wir nichts sehen und nichts hören, der aber gutwillig genug ist, dem einsamen Redner zuzuhören. Ohne Arbeit, ohne Geld, ohne Behausung, immer wieder verjagt und heimatlos gemacht, streunt Koltès' Held durch die Straßen und erzählt von seiner Idee eines »internationalen Syndikats von allen, die in den Arsch getreten wurden«. Der Tristesse des Milieus stemmt Koltès seine harte, klare Sprache entgegen. Und so überwiegt am Ende die Wut gegenüber der Wehmut, siegt der Trotz über die Trauer.

Bernard-Marie Koltès
Kampf des Negers und der Hunde
Die Nacht kurz vor den Wäldern

Zwei Stücke
Aus dem Französischen von Simon Werle

Verlag der Autoren

Titel der französischen Originale:
Combat de nègre et de chiens
La nuit juste avant les forêts

Die Deutsche Bibliothek – CIP-Einheitsaufnahme
Koltès, Bernard-Marie:
Kampf des Negers und der Hunde. Die Nacht kurz vor den Wäldern. Zwei Stücke / Bernard-Marie Koltés. Aus dem Franz. von Simon Werle. – Frankfurt am Main : Verl.der Autoren, 2002
(Theaterbibliothek)
Einheitssacht.: Combat de nègre et de chiens <dt.>
ISBN 3-88661-247-3

Satz: SVG, Satz- und Verlagsgesellschaft, Darmstadt
Druck: betz-druck GmbH, Darmstadt

Printed in Germany
ISBN 3-88661-247-3

Inhalt

Kampf des Negers und der Hunde

In einem westafrikanischen Land,
irgendwo zwischen Senegal und Nigeria,
eine Straßenbaustelle einer ausländischen Firma.

Personen

Horn, sechzig Jahre alt, Baustellenleiter
Alboury, ein Schwarzer, der auf ungeklärte Weise in die Siedlung gelangt ist
Léone, eine Frau, die Horn mitgebracht hat
Cal, um die dreißig, Ingenieur

Orte

Die Siedlung umgeben von Palisaden und Wachtürmen; dort leben die Ingenieure und Vorarbeiter und lagert das Material. Bougainvilleen; unter einem Baum steht ein LKW; eine Veranda, ein Tisch mit Schaukelstühlen; Whiskey; eine halb geöffnete Tür zu einem der Bungalows.

Die Baustelle durch die ein Fluss hindurchfließt; eine halbfertige Brücke; in der Ferne ein See.

Die Rufe der Wache: Laute aus Kehle und Mund, Klirren von Eisen an Eisen, Schlagen von Eisen an Holz, flüchtige Rufe, Glucksen, knapper Singsang, Pfiffe. Dies alles dringt über den Stacheldraht wie Gelächter oder eine verschlüsselte Botschaft, ein Wall gegen die Laute des Busches, der die Siedlung umgibt.

Die Brücke; zwei symmetrische Bauwerke, weiß und riesig, aus Eisen und Trossen, erheben sich von beiden Seiten aus dem weißen Sand, ohne sich in der weiten Leere des Himmels über dem schlammigen Fluss zu treffen.

»Das Kind, das ihm in der Verbannung geboren worden war, hatte er Nouofia genannt: das heißt: gezeugt in der Wüste«.

ALBOURY ein König der Douiloff (Woloff), der sich im neunzehnten Jahrhundert dem Vordringen der Weißen widersetzte.

TOUBAB in manchen Teilen Afrikas übliche Bezeichnung der Weißen.

»Der Schakal stürzt sich auf ein noch nicht ganz abgenagtes Gerippe, reißt rasch ein paar Bissen herunter und frisst im Laufen, ein nie zu fassender, unverbesserlicher Strauchdieb, Gelegenheitsmörder.«

»Zu beiden Seiten des Kaps das sichere Verderben, und in der Mitte der Berg aus Eis, an dem jeder, der blind dagegen prallen würde, unweigerlich zerschellen müsste.«

»Während der langen, tödlichen Umklammerung ihres Opfers, in der meditativen Lust des Rituals, dämmert in der Löwin die Erinnerung an den Rausch des Liebesaktes.«

I

Hinter den Bougainvilleen. Abenddämmerung.

HORN Habe ich also von weitem richtig gesehen: da ist jemand hinter dem Baum.

ALBOURY Ich bin Alboury, Monsieur; ich komme, um die Leiche zu holen; die Mutter war schon auf der Baustelle, um Zweige über die Leiche zu legen, Monsieur, und nichts, sie hat nichts gefunden; und die Mutter wird die ganze Nacht durch das Dorf laufen und schreien, wenn man ihr die Leiche nicht gibt. Eine furchtbare Nacht, Monsieur, niemand wird schlafen können, weil die Alte schreit. Deshalb bin ich hier.

HORN Wer schickt Sie, Monsieur? Die Polizei oder das Dorf?

ALBOURY Ich bin Alboury. Ich bin gekommen, um die Leiche meines Bruders zu holen, Monsieur.

HORN Eine schreckliche Sache, ja, ein tragischer Sturz, tragisch, ein Lastwagen, mit Vollgas. Den Fahrer wird man bestrafen. Die Arbeiter sind leichtsinnig, trotz der strengen Vorschriften. Morgen werden Sie die Leiche bekommen. Man hat sie in die Sanitätsbaracke bringen müssen, um sie ein bisschen herzurichten, damit sie der Familie anständig übergeben werden kann. Sprechen Sie der Familie mein Beileid aus. Ich spreche Ihnen mein Beileid aus. Eine unglückliche Geschichte.

ALBOURY Unglücklich – ja und nein. Wäre er nicht Arbeiter gewesen, Monsieur, hätte die Familie die Kalebasse in die Erde vergraben und gesagt: ein Esser weniger. Es ist nämlich ein Esser weniger, denn die Baustelle wird demnächst geschlossen, und bald wäre er kein Arbeiter mehr gewesen, Monsieur. Er wäre also ein Esser mehr gewesen. So ist es also ein Unglück nur für kurze Zeit, Monsieur.

HORN Sie habe ich hier noch nie gesehen. Kommen Sie, trinken Sie einen Whiskey. Bleiben Sie nicht hinter dem Baum, ich kann Sie ja kaum sehen. Kommen Sie, setzen Sie sich an den Tisch, Monsieur. Hier auf der Baustelle haben wir ausgezeichnete Beziehungen zur Polizei und zu den örtlichen Behörden. Zum Glück, kann ich nur sagen.

ALBOURY Seit Sie hier sind, spricht das Dorf von Ihnen. Also habe ich gesagt: jetzt ist die Gelegenheit, den Weißen aus der Nähe zu sehen. Ich habe noch viel zu lernen, Monsieur, und ich habe zu meiner Seele gesagt: Lauf zu meinen Ohren und lausche, lauf zu meinen Augen und lass dir nichts entgehen von dem, was du siehst.

HORN Jedenfalls sprechen Sie unsere Sprache erstaunlich gut. Dazu noch Englisch und bestimmt noch andere Sprachen. Sie sind hier alle erstaunlich sprachbegabt. Sind Sie Beamter? Sie haben das Niveau eines Beamten. Und außerdem wissen Sie mehr als Sie sagen. So, das waren jetzt aber viele Höflichkeiten.

ALBOURY Das ist nützlich am Anfang.

HORN Seltsam. Normalerweise schickt uns das Dorf eine Abordnung, und die Dinge kommen schnell in Ordnung. Normalerweise erledigt sich das mit mehr Brimborium, aber schnell. Acht oder zehn Personen, acht oder zehn Brüder des

Toten. Sie sagen hier alle Brüder zueinander. Die Familie will eine Entschädigung; die geben wir natürlich dem, dem sie zusteht, wenn sie nicht übertreiben. Aber Sie habe ich bestimmt noch nicht gesehen.

ALBOURY Ich bin nur wegen der Leiche gekommen, Monsieur, und ich werde wieder gehen, sobald ich sie habe.

HORN Die Leiche, ja, ja, ja. Die werden Sie morgen bekommen. Entschuldigen Sie meine Nervosität, ich habe ziemliche Sorgen. Meine Frau ist gerade angekommen. Seit Stunden räumt sie Sachen ein. Ich weiß noch nicht, wie sie es hier findet. Eine Frau hier, das ändert alles; ich bin es nicht gewöhnt.

ALBOURY Eine Frau hier ist sehr gut.

HORN Ich habe erst vor kurzem geheiratet, vor ganz ganz kurzer Zeit; ja, ich kann es Ihnen ruhig sagen, es ist noch nicht ganz fest. Ich meine die Formalitäten. Aber trotzdem, es ändert alles, wenn man heiratet. Ich bin an so was überhaupt nicht gewöhnt, ich mache mir große Sorgen. Und ich bin ganz nervös, weil sie nicht aus ihrem Zimmer kommt. Sie ist da, sie ist da und räumt seit Stunden. Trinken wir einen Whiskey, solange wir auf sie warten. Ich werde sie Ihnen vorstellen. Wir machen eine kleine Feier, und Sie können dableiben. Kommen Sie zum Tisch, hier ist schon fast kein Licht mehr. Wissen Sie, meine Augen sind nicht mehr die besten. So zeigen Sie sich doch.

ALBOURY Unmöglich, Monsieur. Schauen Sie sich die Wachposten an, schauen Sie sie an, da oben.

Im Lager passen sie genauso auf wie außerhalb, sie beobachten mich, Monsieur. Wenn sie sehen, dass ich mich zu Ihnen setze, dann werde ich ihnen verdächtig. Sie sagen, einer lebenden Ziege in der Höhle des Löwen soll man nicht trauen. Ärgern Sie sich nicht über das, was sie sagen. Es ist ehrenhafter, ein Löwe zu sein als eine Ziege.

HORN Und doch haben die Posten Sie hereingelassen. Normalerweise braucht man einen Passierschein oder man muss von irgendeiner Behörde hergeschickt sein, das wissen sie genau.

ALBOURY Sie wissen, dass man die Alte nicht die ganze Nacht und den morgigen Tag schreien lassen kann; dass man sie beruhigen muss; dass man nicht das Dorf wach halten darf, dass man der Mutter die Leiche zurückgeben muss, sie wissen genau, warum ich gekommen bin.

HORN Morgen wird sie Ihnen gebracht. Im Augenblick habe ich das Gefühl, mir platzt der Kopf. Ich brauche einen Whiskey. Es ist Unsinn, dass ein alter Mann wie ich sich eine Frau nimmt, nicht wahr, Monsieur?

ALBOURY Frauen sind nicht unsinnig. Übrigens sagen sie, in alten Töpfen kocht man die besten Suppen. Ärgern Sie sich nicht über das, was sie sagen. Sie haben ihre eigenen Worte, aber es ehrt Sie.

HORN Aber heiraten?

ALBOURY Vor allem heiraten. Man muss bezahlen, was sie kosten, und sie dann gut festbinden.

HORN Sind Sie klug! Ich glaube, jetzt kommt sie. Kommen Sie, kommen Sie, plaudern wir! Die Gläser stehen schon da. Sie werden doch nicht hinter dem Baum im Schatten bleiben! Kommen Sie, leisten Sie mir Gesellschaft.

ALBOURY Ich kann nicht, Monsieur. Meine Augen vertragen kein grelles Licht; sie flimmern dann und werden trüb, sie sind nicht gewöhnt an so grelles Licht, wie Sie es abends haben.

HORN Kommen Sie, kommen Sie, Sie sollen sie sehen.

ALBOURY Ich werden sie aus der Ferne sehen.

HORN Mir platzt der Kopf, Monsieur. Wie kann man stundenlang räumen? Ich will sie fragen, wie sie es hier findet. Wissen Sie meine Überraschung? Was für Sorgen! Heute Abend mache ich ein Feuerwerk; bleiben Sie; der Spaß hat mich ein Vermögen gekostet. Und dann müssen wir diese Sache besprechen. Ja, unsere Beziehungen waren immer schon ausgezeichnet. Die Behörden habe ich in der Tasche. Wenn ich daran denke, sie ist dort hinter der Tür, und ich weiß noch nicht, wie sie es hier findet. Und wenn Sie Polizeibeamter sind, um so besser; mit ihnen habe ich genauso gern zu tun. Für eine Frau, die noch nie aus Paris rausgekommen ist, muss Afrika ein Schock sein. Bei meinem Feuerwerk, da bleibt Ihnen die Spucke weg. Und ich sehe mal nach, wo diese verdammte Leiche abgeblieben ist. *Ab.*

II

HORN *vor der halb geöffneten Tür* Léone, sind Sie soweit?
LÉONE *von drinnen* Ich räume ein.

Horn geht näher hin.

LÉONE Nein, ich räume nicht ein.

Horn bleibt stehen.

LÉONE Ich warte, bis es still ist.
HORN Was?
LÉONE Bis es still ist. Wenn es dunkel wird, gehts besser. In Paris ist es abends genauso: Mir ist eine Stunde lang übel, wenn der Tag in die Nacht übergeht. Auch Babies weinen, wenn die Sonne weggeht. Ich muss meine Tabletten einnehmen, das darf ich nicht vergessen. *Sie steckt den Kopf ein wenig heraus und deutet auf die Bougainvilleen.* Wie heißen diese Blumen?
HORN Ich weiß nicht.

Léone verschwindet wieder.

HORN Kommen Sie, trinken Sie einen Whiskey.
LÉONE Whiskey? O je, ich darf nicht. Das fehlte noch. Da wär was gefällig. Ich darf auf gar keinen Fall.
HORN Kommen Sie trotzdem.
LÉONE Ich gehe durch, was mir fehlt. Ein Haufen Sachen fehlt mir, und einen Haufen Sachen habe ich mit, die ich nie brauchen werde. Sie haben mir

gesagt: ein Pulli, in Afrika ist es nachts kalt, kalt, ujujui! Diese Gangster. Jetzt stehe ich mit drei Pullis da. Ich fühle mich ein bisschen daneben. Ich habe Bammel, Schnuck, richtig Bammel. Die anderen Männer, was sind das für Leute? Die meisten mögen mich am Anfang nicht.

HORN Es ist nur einer, ich hab es Ihnen schon gesagt.

LÉONE Ich fliege eigentlich nicht gern. Telefonieren ist mir da doch lieber; man kann immer auflegen. Aber ich habe mich vorbereitet; vorbereitet wie irre. Ich habe den lieben langen Tag Reggae gehört, die Leute in meinem Haus sind ausgerastet. Wissen Sie, was mir aufgefallen ist, als ich meinen Koffer aufgemacht habe? Die Leute in Paris riechen penetrant, das war mir schon klar. Ich hatte ihren Geruch in der Nase, in der Metro, auf der Straße, wo soviel Leute an einem vorbeirennen. Ich habe gerochen, wie es in den Ecken muffelt. Und jetzt rieche ich es immer noch, hier, in meinem Koffer; ich halts nicht mehr aus! Wenn ein Pulli, eine Bluse oder sonst irgendwelche Klamotten einmal nach Fisch oder Pommes frites riechen oder nach Krankenhaus, das geht nie wieder raus. Und der Mief ist noch hartnäckiger. Das dauert, bis die ganze Wäsche ausgelüftet ist! Bin ich froh, dass ich hier bin. Afrika! Endlich!

HORN Sie haben doch noch nichts gesehen, und Sie wollen ja nicht mal aus dem Zimmer.

LÉONE Oh, ich habe genug gesehen und sehe von hier aus genug, ich finds wunderbar. Ich bin ja hier nicht zu Besuch. Ich habs gleich. Sobald ich durchgegangen bin, was mir abgeht und was ich zuviel habe, und wenn die Wäsche ausgelüftet ist, komme ich, das verspreche ich Ihnen.

HORN Ich warte auf Sie, Léone.

LÉONE Warten Sie nicht auf mich, nein, warten Sie nicht. *Rufe der Wachposten, Léone kommt halb zum Vorschein.* Und was ist das?

HORN Das sind die Posten. Abends und die ganze Nacht rufen sie sich von Zeit zu Zeit zu, um wach zu bleiben.

LÉONE Wie furchtbar. *Sie lauscht.* Warten Sie nicht auf mich. *Sie geht wieder hinein.* Oh, Schnuck, ich muss Ihnen etwas beichten.

HORN Was?

LÉONE *leise* Kurz bevor ich gestern Abend losgefahren bin, ging ich auf dem Pont-Neuf spazieren. Und was passiert? Plötzlich fühle ich mich so wohl, so glücklich, wie noch nie, ohne jeden Grund. Furchtbar. Wenn so was ist, dann... dann weiß ich, es geht schlecht aus. Ich träume nicht gern von was Schönem, oder davon, dass es mir zu gut geht. Da kriege ich Zustände. Und den lieben langen Tag warte ich auf irgendein Unglück. Ich habe Vorahnungen, aber sie sind verkehrt rum. Und sie haben mich noch nie getäuscht. Ich habe es nicht eilig, hier rauszukommen, Schnuck.

HORN Sie sind nervös, das ist ganz normal.

LÉONE Sie kennen mich so wenig!

HORN Kommen Sie, nun kommen Sie schon!

LÉONE Sind Sie sicher, dass es nur einer ist?

HORN Ich bin ganz sicher.

LÉONE *ihr Arm wird sichtbar* Sie lassen mich verdursten. Wenn ich was getrunken habe, komme ich, ich versprechs Ihnen.

HORN Ich hole was zu trinken.

LÉONE Aber Wasser, bloß Wasser. Ich muss meine Tabletten einnehmen, und zwar mit Wasser.

Horn geht ab. Léone kommt heraus. Sie schaut sich um.

LÉONE Das alles beeindruckt mich sehr. *Sie bückt sich und pflückt eine Blume, dann geht sie wieder hinein.*

III

Auf der Veranda – Horn tritt auf.

CAL *sitzt am Tisch, den Kopf zwischen den Händen* Toubab, armes Vieh, warum bist du weggelaufen? *Er weint.* Was hab ich ihm denn getan? Horn, du kennst mich, du kennst meine Nerven. Wenn er heut Abend nicht zurückkommt, bring ich sie alle um. Die Hundefresser. Sie haben ihn geschnappt. Ohne ihn kann ich nicht schlafen, Horn. Jetzt fressen sie ihn mir auf. Ich höre ihn nicht mal mehr bellen. Toubab!

HORN *stellt den Whiskeybecher auf den Tisch* Zuviel Whiskey. *Er stellt die Flasche auf seine Seite.*

CAL Zuviel Stille.

HORN Ich setze fünfzig Francs.

CAL *hebt den Kopf* Auf fünf Zahlen?

HORN Auf jede.

CAL Ich gehe nicht mit. Zehn Francs die Zahl, keinen Sou mehr.

HORN *schaut ihn plötzlich an* Du hast dich ja rasiert und gekämmt.

CAL Du weißt genau, dass ich mich abends immer rasiere.

HORN *sieht auf die Würfel* Für mich. *Er räumt ab.*

CAL Ich spiele lieber mit Chips: zum Spaß, aus Lust am Spiel. Du räumst nur ab, du räumst nur ab, es macht gar keinen Spaß mehr. Du hast nur Spaß am Abräumen. Ekelhaft. Jeder für sich und nichts für den Spaß. Eine Frau bringt uns ein bisschen Menschlichkeit. Sie hat dich bald über, das dauert nicht lang. Ich spiele lieber ohne Geld, nicht um abzuräumen. Wir sollten mit Chips spielen, Frauen spielen übrigens lieber mit Chips. Frauen bringen Menschlichkeit ins Spiel.

HORN *leise* Da ist ein Mann, Cal. Er ist aus dem Dorf oder von der Polizei oder noch schlimmer, denn ich habe ihn noch nie gesehen. Er will nicht sagen, in wessen Auftrag er Rechenschaft fordert. Aber fordern wird er sie, und du wirst sie ihm geben. Mach dich drauf gefasst. Ich halte mich da raus. Mir steht jetzt nicht der Kopf danach; ich weiß von nichts; ich decke dich nicht; ich war nicht da. Meine Arbeit ist getan, und damit basta. Diesmal wirst du selber dafür gerade stehn. Und du verträgst nicht einmal einen verdammten Schluck Whiskey.

CAL Aber ich hab nichts damit zu tun, Horn. Ich habe nichts getan. Horn. *Leise.* Das ist nicht der Augenblick zu streiten, wir müssen zusammenbleiben, wir müssen zusammenhalten, Horn. Es ist ganz einfach: du schreibst einen Bericht für die Polizei, einen Bericht an die Geschäftsleitung, du setzt deinen Namen drunter, fertig, und ich halte still. Dir glauben alle; ich habe nur meinen Hund, auf mich hört keiner. Wir müssen zusammenhalten gegen alle. Mit diesem Neger rede ich nicht; die Sache ist einfach, ich sage dir die ganze Wahrheit, jetzt bist du dran. Du kennst meine Nerven, Horn, du kennst mich genau; es ist besser, ich sehe ihn nicht. Ich will überhaupt niemanden sehen, solang mein Hund nicht wieder da ist. *Er weint.* Die werden ihn fressen.

HORN Ich setze fünfzig Francs pro Zahl und keinen Sou weniger.

Cal setzt die fünfzig Francs. Quaken von Kröten in der Nähe.

CAL Wir haben den Himmel angeschaut, die Arbeiter und ich; der Hund hatte das Unwetter gewittert. Ein Kerl läuft über die Baustelle; ich sehe ihn. In dem Augenblick bricht ein heftiger Sturm los. Ich schreie: bei Fuß, Toubab, bei Fuß! Der Hund hebt die Schnauze, ihm sträubt sich das Fell, er wittert Tod. Das macht ihn wild, das arme Vieh. Ich sehe, wie er auf den Neger zuläuft in dem Wolkenbruch. »Bei Fuß, Toubab!« Ich schreie hinter ihm her. Armes Vieh. Da sehe ich in dem Getöse, in den zuckenden Blitzen einen Feuerstrahl. Toubab steht; alle schauen. Wir sehen, wie der Neger hinfällt in dem Donnerkrachen, er ist getroffen, unter Tonnen von Regen; es legt ihn in den Schlamm. Es riecht nach Schwefel, dann ein LKW, der auf uns zurast.

Horn schüttelt den Würfelbecher.

CAL Mein Toubab ist weg, ohne ihn kann ich nicht schlafen, Horn. *Er weint.* Von klein auf schläft er auf mir; sein Instinkt hat ihn immer wieder zu mir zurückgebracht, allein schafft er es nicht, das arme Vieh. Ich höre ihn nicht mehr bellen. Sie haben ihn mir gefressen. Nachts war immer das haarige Knäuel auf meinem Bauch, auf den Beinen, auf den Eiern; dann bin ich eingeschlafen, Horn, das hatte ich im Blut. Was habe ich ihm getan?
HORN *schaut auf die Würfel* Zwölf.

Cal räumt ab.

CAL *zwinkernd* So eine Überraschung, Horn. Du sagst: ich fahre zum Flughafen; du kommst zurück und sagst mir: meine Frau ist da! Das ist ein Ding! Ich hab nicht mal gewusst, dass du doch noch eine gefunden hast. Was ist plötzlich in dich gefahren, Chef?

Sie setzen.

HORN Ein Mann soll auf seine alten Tage nicht entwurzelt sein.
CAL Ja, Chef, klar. *Er räumt ab.* Hauptsache, du hast dir die richtige ausgesucht.
HORN Als ich das letzte Mal in Paris war, habe ich mir gesagt, wenn du sie jetzt nicht findest, dann findest du sie nie.
CAL Und du hast sie gefunden! So ein Glück, Chef!

Sie setzen.

CAL Pass auf mit dem Klima, das macht die Frauen verrückt. Das steht fest.

HORN Die Frau nicht.

CAL *räumt ab* Sie soll feste Schuhe anziehen, ich kann ihr welche leihen, sag ihr das, Chef. Die Frauen machen auf elegant und haben keine Ahnung von den afrikanischen Bakterien, die man sich an den Füßen fängt, Chef.

HORN Sie ist keine gewöhnliche Frau, wirklich nicht.

CAL *zwinkert* Da werd ich ja einen guten Eindruck bei ihr machen. Ich finde eine Gelegenheit zum Handkuss; dann sieht sie, was Stil ist.

HORN Ich habe gefragt: mögen Sie Feuerwerk? Ja, hat sie gesagt. Ich habe gesagt: in Afrika mach ich jedes Jahr eins, und dies Jahr wird das letzte sein. Möchten Sie es sehen? Ja, hat sie gesagt. Da habe ich ihr die Adresse gegeben und das Geld für das Ticket: kommen Sie in einem Monat, dann ist auch das Päckchen von Ruggieri da. Ja, hat sie gesagt. So habe ich sie gefunden. Für das letzte Feuerwerk; ich wollte, dass eine Frau es sieht. *Er setzt.* Ich habe ihr gesagt, dass die Baustelle dichtmacht und dass ich dann für immer aus Afrika weggehe. Sie hat zu allem ja gesagt. Sie sagt immer ja.

CAL *nach einer Weile* Warum geben sie die Baustelle auf, Horn?

HORN Das weiß keiner. Ich habe fünfzig Francs gesetzt.

Cal setzt.

CAL Warum sofort, Horn? Warum ohne irgendeine Erklärung? Ich will weiterarbeiten, Horn. Und das, was schon steht? Ein halber Wald abgeholzt, fünfundzwanzig Kilometer Straße, eine angefangene Brücke, die Siedlung und die Brunnen, die noch gebohrt werden sollen? Die ganze Zeit hier umsonst? Warum kriegen wir nichts mit, Horn, was entschieden wird? Und du, warum weißt du nichts?

HORN *sieht auf die Würfel* Für mich.

Schweigen. Rufe der Posten.

CAL *leise* Er knirscht mit den Zähnen.

HORN Was?

CAL Da, hinter dem Baum, der Neger. Sag ihm, er soll gehen, Horn.

Schweigen. Weit weg ein Bellen. Cal schreckt hoch.

CAL Toubab! Ich höre ihn. Er streunt bei der Latrine rum; von mir aus soll er reinfallen, ich rühre keinen Finger.

Sie setzen.

CAL Scheiße, er streunt, und wenn ich ihn rufe, reagiert er nicht, er spielt den Nachdenklichen. Ist er das? Ja. Überlegs dir, alter Köter; ich fisch dich da nicht raus. Wahrscheinlich hat er ein fremdes Tier gewittert; soll er allein zurechtkommen; er wird schon nicht reinfallen; und wenn er doch reinfällt, ich rühre keinen Finger.

Sie schauen auf die Würfel. Cal räumt ab.

CAL *leise* Ich kanns dir sagen, Horn, der Kerl war noch nicht mal ein richtiger Arbeiter, ein einfacher Tagelöhner; keiner kennt ihn, da kräht kein Hahn danach. Also will er weg; ich sage: »Nein, du bleibst.« Eine Stunde früher weggehen, auf eine Stunde kommt es an. Wenn man eine Stunde nachgibt, dann kann ja jeder kommen. Wie ich es dir sage, sage ich also: »Nein.« Da spuckt er mir vor die Füße und geht. Er hat mir vor die Füße gespuckt, und zwei Zentimeter weiter, dann hätte er den Schuh getroffen.

Sie setzen.

CAL Ich rufe also die anderen her, ich sage zu ihnen: »Seht ihr den da?« *Er ahmt die Aussprache der Neger nach.* »Ja, Boss, wir sehen ihn. – Er geht über den Platz, ohne den Feierabend abzuwarten? – Ja Boss, ja Boss, ohne den Feierabend abzuwarten. – Ohne Helm, seht ihr, hat er einen Helm auf? – Nein, Boss, wir sehen es, er hat seinen Helm nicht auf.« Ich sage: »Merkt es euch gut: er ist weggegangen ohne meine Erlaubnis. – Ja, Boss, o ja, Boss, ohne deine Erlaubnis.« Da ist er hingefallen, der Laster kam angefahren, und ich frage noch: »Wer zum Teufel fährt denn den Laster? Warum rast er so? Hat er denn den Neger nicht gesehen?« Und zack! *Cal räumt ab.*

HORN Alle haben gesehen, wie du geschossen hast. Du Idiot, du hältst deine eigene Scheißwut nicht aus.

CAL Es war so, wie ich es dir sage. Ich wars nicht, er ist gestürzt.

HORN Ein Schuss, und alle haben gesehen, wie du in den Lastwagen gestiegen bist.

CAL Der Schuss, das war das Gewitter; und der Lastwagen, das war der Regen, da sah man die Hand nicht mehr vor den Augen.

HORN Ich war vielleicht nicht auf der Schule, aber den Quatsch, den du erzählen wirst, den kenne ich schon im voraus. Du wirst sehen, wie weit du damit kommst. Für mich bist du ein Idiot, und mich, bitte sehr, geht das nichts an. Ich setze hundert Francs.

CAL Ich gehe mit.

HORN *haut auf den Tisch* Warum hast du ihn angerührt, Herrgott noch mal? Wer eine Leiche anfasst, die am Boden liegt, der ist der Schuldige, das ist so in diesem Scheißland. Wenn niemand ihn angerührt hätte, dann hätte es auch keinen Schuldigen gegeben, dann wäre es ein Verbrechen ohne Schuldigen, ein Verbrechen ohne Täter, ein Unfall. Die Sache wäre einfach. Aber die Frauen sind gekommen, um die Leiche zu holen, und sie haben nichts gefunden, nichts. Du Idiot. Sie haben nichts gefunden. *Er haut auf den Tisch.* Sieh zu, wie du damit fertig wirst. *Er schüttelt den Würfelbecher.*

CAL Als ich ihn gesehen habe, da habe ich mir gesagt: Den da, den kann ich unmöglich in Ruhe lassen. Der Instinkt, Horn, die Nerven. Ich habe ihn nicht gekannt; er hatte mir nur zwei Zentimeter vor die Schuhe gespuckt; aber der Instinkt, der funktioniert so: dich werd ich jetzt nicht in

Ruhe lassen, das habe ich mir gesagt, als ich ihn angeschaut habe. Da habe ich ihn in den Laster geladen, ich bin bis zur Müllkippe und habe ihn oben draufgeschmissen: so, jetzt hast du dein Fett; und dann bin ich wieder hierher. Aber ich bin wieder hin, Horn; ich habe es nicht ausgehalten, die Nerven haben keine Ruhe gegeben. Ich habe ihn von der Müllkippe weggeholt und wieder auf den Laster geladen; ich bringe ihn zum See und schmeiße ihn ins Wasser. Aber es hat mir keine Ruhe gelassen, Horn, dass er da so friedlich im See im Wasser lag. Also bin ich wieder hin, ich bin bis zu den Hüften ins Wasser und habe ihn rausgefischt. Er hat im Laster gelegen, Horn, und ich habe nicht mehr gewusst, wohin mit ihm: Dich kann ich nicht in Ruhe lassen, nie, das packe ich nicht. Ich schaue ihn an, ich sage mir: dieser Boubou nimmt dir noch den letzten Nerv. Auf einmal kommt mir die Idee. Ich habe mir gesagt: die Latrine, das ist die Lösung; da springst du nicht rein, um ihn rauszufischen. Und das wars, Horn: Damit ich ihn endlich in Ruhe lasse, ob ich will oder nicht, ein für alle Mal, Horn; endlich hab ich Ruhe.

Sie schauen auf die Würfel.

CAL Hätte ich ihn begraben müssen, dann hätte ich ihn wieder ausgraben müssen, ich kenne mich doch, und wenn sie ihn ins Dorf mitgenommen hätten, dann wäre ich hin und hätte ihn mir geholt. Die Latrine war das Einfachste, Horn, das war das Beste. Und das hat mich ein bisschen beruhigt.

Horn steht auf, Cal räumt ab.

CAL Und zu den Negern, die Bakterien der Neger sind die allerschlimmsten. Sag ihr das auch. Frauen sind nie genug gewarnt.

Horn ab.

IV

HORN *kommt zu Alboury unter den Baum* Er hatte seinen Helm nicht auf, habe ich eben erfahren. Ich habe die Unvorsichtigkeit der Arbeiter erwähnt, ich hatte richtig vermutet. Kein Helm: Das enthebt uns jeder Verantwortung.

ALBOURY Man gebe mir die Leiche ohne Helm, Monsieur, man gebe sie mir, wie sie ist.

HORN Aber was ich Ihnen sagen will: Entscheiden Sie sich bitte. Entweder Sie sind da oder Sie sind nicht da, aber stehen Sie nicht länger so im Schatten hinter dem Baum. Es ist unerträglich, jemanden zu spüren. Wenn Sie zu uns an den Tisch kommen wollen, kommen Sie, ich habe nichts dagegen; aber wenn Sie es nicht wollen, dann gehen Sie bitte; ich empfange Sie morgen früh im Büro, dann werden wir weitersehen. Übrigens wäre es mir lieber, Sie würden gehen. Ich habe nicht gesagt, dass ich Ihnen nicht gern ein Glas Whiskey anbiete; das habe ich nicht gesagt. Also was? Sie wollen nicht auf ein Glas herkommen? Sie wollen nicht morgen früh ins Büro kommen? Nun? Entscheiden Sie sich, Monsieur.

ALBOURY Ich warte hier, um die Leiche mitzunehmen, das ist alles, was ich will; und ich sage: wenn ich die Leiche meines Bruders habe, gehe ich.

HORN Die Leiche, die Leiche! Sie hatte keinen Helm auf, Ihre Leiche, dafür gibt es Zeugen. Er ist ohne Helm über die Baustelle gegangen. Sie kriegen keinen Sou, sagen Sie ihnen das, Monsieur.

ALBOURY Ich werde es ihnen sagen, wenn ich die Leiche bringe: keinen Helm, keinen Sou.

HORN Denken Sie ein bisschen an meine Frau, Monsieur. Diese Geräusche, diese Schatten, diese Schreie, alles ist so beängstigend für jemanden, der gerade erst angekommen ist. Morgen hat sie sich daran gewöhnt, aber heute Abend! Sie ist gerade erst angekommen, und wenn sie dann noch da, hinter dem Baum, jemanden sieht, jemanden bemerkt, jemanden errät! Sie machen sich das nicht klar! Sie wird völlig verschreckt sein. Wollen Sie meine Frau verschrecken, Monsieur?

ALBOURY Nein, das will ich nicht; ich will der Familie die Leiche bringen.

HORN Sagen Sie ihnen das, Monsieur; ich gebe der Familie hundertfünfzig Dollar. Ihnen gebe ich zweihundert, zweihundert für Sie. Ich gebe sie Ihnen morgen. Das ist viel. Aber es ist wahrscheinlich der letzte Tote, den wir hier auf der Baustelle haben werden; sonst noch was? Das wärs. Hauen Sie ab!

ALBOURY Das werde ich ihnen sagen: hundertfünfzig Dollar; und ich werde die Leiche mitbringen.

HORN Sagen Sie es ihnen, ja, sagen Sie es ihnen; darauf sind sie doch nur aus. Hundertfünfzig

Dollar stopfen ihnen den Mund. Und alles andere, glauben Sie mir, das interessiert sie gar nicht. Die Leiche, die Leiche, ha!

ALBOURY Mich interessiert sie.

HORN Hauen Sie ab.

ALBOURY Ich bleibe.

HORN Ich werde dafür sorgen, dass Sie gehen.

ALBOURY Ich werde nicht gehen.

HORN Sie werden meine Frau erschrecken, Monsieur.

ALBOURY Ihre Frau wird keine Angst vor mir haben.

HORN Doch doch, ein Schatten, irgend jemand! Ich lasse noch die Wachen auf Sie schießen, das mache ich.

ALBOURY Ein Skorpion, den man tötet, kommt immer wieder.

HORN Monsieur, Monsieur, Sie regen sich auf; was sagen Sie? Bisher hatte ich immer das beste Einvernehmen mit... Rege ich mich vielleicht auf? Sie werden zugeben, Ihnen lässt es sich schwer rechtmachen; mit Ihnen lässt sich nicht verhandeln. Kommen Sie mir einen Schritt entgegen. Bleiben Sie, gut, bleiben Sie, Sie scheinen es ja zu wünschen. *Leise.* Ich weiß genau, dass die Leute im Ministerium aufgebracht sind. Aber verstehen Sie, ich habe überhaupt keinen Einfluss auf die Entscheidungen auf höchster Ebene; ein kleiner Baustellenleiter entscheidet gar nichts, ich trage keinerlei Verantwortung. Und die Leute müssen eines begreifen: die Regierung erteilt Aufträge, erteilt Aufträge, aber sie zahlt nicht; schon seit Monaten zahlen sie nicht. Die Firma kann keine

Baustellen in Betrieb lassen, wenn die Regierung nicht zahlt: verstehen Sie das? Ich weiß, es gibt genug Gründe zur Unzufriedenheit: halbfertige Brücken, Straßen, die irgendwo aufhören. Aber was kann ich dafür, ha? Das Geld, das Geld, wo geht es hin? Das Land ist reich, warum sind die Staatskassen leer? Ich sage das nicht, um Sie zu kränken, aber erklären Sie mir das, Monsieur.

ALBOURY Man sagt, dass der Regierungspalast ein Ort des Lasters geworden ist: dass man französischen Champagner und sehr teure Frauen kommen lässt; dass in den Büros der Ministerien Tag und Nacht getrunken und gebumst wird, daher die leeren Kassen, das hat man mir gesagt, Monsieur.

HORN Dass gebumst wird, da schau einer an! *Er lacht.* Er macht sich lustig über die Minister seines eigenen Landes, da schau einer an. Also ich finde Sie sympathisch. Ich mag keine Beamten, und eigentlich haben Sie auch keine Beamtenvisage. *Leise.* Wenn es so ist, wie Sie selber sagen, wann muckt dann die Jugend endlich auf? Mit ihren Fortschrittsideen, die sie aus Europa mitbringen, wann raffen sie sich endlich auf, wann lösen sie diesen verrotteten Haufen ab, nehmen die Dinge selbst in die Hand und schaffen Ordnung? Werden diese Brücken und Straßen eines Tages fertig? Klären Sie mich auf, schenken Sie mir eine Illusion.

ALBOURY Aber man sagt auch, was sie aus Europa mitbringen, sei eine tödliche Leidenschaft, das Auto, Monsieur; dass sie nur noch daran denken, dass sie tagelang, nächtelang damit spielen, dass sie darauf warten, daran zu sterben; dass sie alles vergessen haben, so kommen sie aus Europa zurück, hat man mir gesagt.

HORN Autos, ja; und dann noch Mercedes; ich sehe sie ja jeden Tag, wie sie fahren wie die Verrückten; es ist ein Jammer. *Er lacht.* Sogar über die Jugend machen Sie sich keine Illusionen, Sie gefallen mir wirklich, ich bin sicher, wir werden uns verstehen.

ALBOURY Ich warte darauf, dass man mir meinen Bruder zurückgibt; darum bin ich hier.

HORN Also erklären Sie mir das. Warum liegt Ihnen soviel daran, ihn zurückzubekommen? Wie hieß der Mann noch gleich?

ALBOURY Nouofia, das war sein offizieller Name; und er hatte noch einen geheimen Namen.

HORN Aber seine Leiche, was liegt Ihnen an seiner Leiche? Ich erlebe das zum ersten Mal; dabei dachte ich doch, ich kenne die Afrikaner gut; ihre Gleichgültigkeit gegenüber Leben und Tod. Ich glaube Ihnen gern, dass Sie besonders sensibel sind; aber Sie sind doch nicht aus Liebe so stur? Die Liebe, das ist doch Europäersache?

ALBOURY Nein, es ist nicht aus Liebe.

HORN Wusst ichs doch, wusst ichs doch. Mir ist diese Gleichgültigkeit oft aufgefallen. Ich sage Ihnen, viele Europäer schockiert das; ich fälle da kein Urteil; unter uns gesagt, die Asiaten sind noch schlimmer. Aber gut, warum sind Sie dann so stur wegen einer solchen Kleinigkeit? Ich habe Ihnen doch gesagt, ich zahle eine Entschädigung.

ALBOURY Oft wollen kleine Leute eine kleine, ganz einfache Sache, aber diese kleine Sache wollen sie; nichts kann sie von ihrem Vorsatz abhalten. Sie würden sich für sie umbringen lassen; und selbst wenn man sie umgebracht hätte, selbst wenn sie tot wären, würden sie sie noch wollen.

HORN Wer war er, Alboury, und wer sind Sie?

ALBOURY Vor sehr langer Zeit sagte ich zu meinem Bruder: »Ich spüre, dass mir kalt ist.« Er sagte zu mir: »Das kommt daher, weil zwischen dir und der Sonne eine kleine Wolke steht.« Ich sagte zu ihm: »Ist es möglich, dass ich wegen dieser kleinen Wolke friere, wo doch alle anderen Leute um mich schwitzen und die Sonne sie verbrennt?« Mein Bruder hat zu mir gesagt: »Auch ich friere.« Also haben wir einander gewärmt. Da habe ich zu meinem Bruder gesagt: »Wann wird diese Wolke verschwinden, dass die Sonne auch uns wieder wärmt?« Er sagte: »Sie wird nicht verschwinden, es ist eine kleine Wolke, die uns überall hin folgt, immer steht sie zwischen der Sonne und uns.« Und ich fühlte, wie sie uns überall hin folgte und wie wir, mein Bruder und ich, froren und uns gegenseitig wärmten inmitten der Leute, die nackt im Warmen lachten. Da haben mein Bruder und ich uns unter dieser kleinen Wolke, die uns die Wärme wegnahm, aneinander gewöhnt, dadurch, dass wir uns gegenseitig wärmten. Wenn mich der Rücken juckte, dann war mein Bruder bei mir, um ihn zu kratzen. Und ich habe seinen gekratzt, wenn sein Rücken ihn juckte. Wenn ich unruhig war, kaute ich die Nägel seiner Hände, und wenn er schlief, lutschte er den Daumen meiner Hand. Die Frauen, die wir bekamen klammerten sich an uns, und auch sie

fingen an zu frieren. Aber wir haben einander gewärmt, so dicht drängten wir uns unter der kleinen Wolke zusammen, wir haben uns aneinander gewöhnt, und wenn einen ein Kälteschauer überlief, dann ging er von einem Ende der Gruppe zum anderen. Die Mütter schlossen sich uns an und die Mütter der Mütter und ihre Kinder und unsere Kinder, eine unübersehbare Familie, aus der nicht einmal die Toten herausgerissen wurden, sondern sie wurden festgehalten in unserer Mitte wegen der Kälte unter der Wolke.
Die kleine Wolke war gestiegen, zur Sonne aufgestiegen und entzog dieser Familie die Wärme, einer Familie, die immer größer wurde, in der jeder jedem immer vertrauter war; einer unübersehbaren Familie aus toten, lebenden und zukünftigen Körpern, in der jeder jedem unentbehrlich wurde, je weiter wir die Grenzen der unter der Sonne noch warmen Gebiete zurückweichen sahen.
Deshalb komme ich, um den Körper meines Bruders zu fordern, den man uns entrissen hat, denn sein Fehlen hat die Nähe zerstört, durch die wir uns warm halten können, denn wir brauchen, selbst da er tot ist, seine Wärme, um uns zu wärmen, und er braucht unsere, damit er seine behält.

HORN Es ist schwer, sich zu verstehen, Monsieur. *Sie sehen einander an.* Ich glaube, so sehr man sich auch bemüht, ein Zusammenleben wird immer schwierig sein.

Pause.

ALBOURY Man hat mir gesagt, in Amerika gehen die Neger vormittags aus und die Weißen nachmittags.

HORN Das hat man Ihnen gesagt?

ALBOURY Wenn das wahr ist, Monsieur, dann ist es eine sehr gute Idee.

HORN Meinen Sie das wirklich?

ALBOURY Ja.

HORN Nein, es ist eine ganz schlechte Idee. Im Gegenteil, man muss zusammenarbeiten, Monsieur Albour y, man muss die Leute zur Zusammenarbeit zwingen. Das ist meine Ansicht. Hören sie, lieber Monsieur Alboury, jetzt sagen Sie nichts mehr. Ich habe da für mich persönlich einen hervorragenden Plan, über den ich noch nie mit jemandem gesprochen habe. Sie sind der erste. Sie werden mir sagen, was Sie davon halten. Was jene berühmten drei Milliarden Menschen angeht, die den Leuten so großes Kopfzerbrechen machen: ich habe ausgerechnet, wenn man alle in vierzigstöckigen Häusern unterbringt, vierzig Stockwerke und nicht eines mehr – das ist nicht mal so hoch wie die Tour Montparnasse, Monsieur – in normal großen Wohnungen, meine Berechnungen haben Hand und Fuß; wenn diese Häuser eine Stadt ergeben, wohl gemerkt, eine einzige, mit Straßen, die zehn Meter breit sind, was völlig ausreicht. Also diese Stadt, Monsieur, würde halb Frankreich bedecken; kein Quadratkilometer mehr. Alles übrige wäre frei, völlig frei. Sie können die Berechnungen nachprüfen, ich bin sie immer wieder durchgegangen, sie stimmen haargenau. Finden Sie meinen Plan dumm? Man müsste nur noch den Ort für diese eine Stadt aussuchen, und das Problem wäre gelöst. Keine Konflikte mehr, keine reichen Länder mehr, keine armen Länder mehr, alle in einem Boot, und die Rohstoffvorräte für alle. Sehen Sie, Alboury, auf meine Art bin auch ich ein bisschen Kommunist. Frankreich scheint mir dafür ideal: nicht zu kalt, nicht zu warm, genügend Wasser, keine extremen Klimaschwankungen, die Flora, die Fauna, die Infektionsgefahr, Frankreich wäre ideal. Natürlich könnte man sie auf der südlichen Hemisphäre bauen, wo mehr Sonne ist. Aber ich mag die Winter, die guten alten harten Winter; die guten alten harten Winter, Monsieur, die kennen Sie nicht. Am besten baut man also diese Stadt der Länge nach von den Vogesen bis zu den Pyrenäen, die Alpen entlang. Wer den Winter mag, zieht in die Gegend des früheren Straßburg, und die, die keinen Schnee vertragen, die Leute mit Bronchitis und die immer frieren, ziehen in das Gebiet, wo man Marseille und Bayonne abgerissen hat. Der letzte Zwist dieser Menschheit wäre eine theoretische Auseinandersetzung über den Reiz des elsässischen Winters und den Reiz des Frühlings an der Côte d'Azur. Und der Rest der Welt, Monsieur, bliebe in Reserve. Afrika wäre frei, Monsieur, man könnte seine Rohstoffe ausbeuten, seine Bodenschätze, das Land, die Sonnenenergie, und niemanden stört es. Afrika allein würde ausreichen, meine Stadt über Generationen zu versorgen, bevor man Amerika oder Asien antasten müsste. Man würde die Technik optimal nützen, man käme mit einer Mindestzahl von Leuten aus, schichtweise, gut durchorganisiert, eine Art Arbeitsdienst, von ihnen kriegen wir unser Öl, Gold, Uran, Kaffee, Bananen, alles, was Sie wollen, ohne dass ein Afrikaner unter der fremden Invasion zu leiden hätte, denn es ist keiner mehr da! Ja, Frankreich wäre schön, es würde allen Völkern der Erde offen stehen, alle Völker würden durcheinander durch die Straßen spazieren; und Afrika wäre schön, leer, großzügig und verschwenderisch, es muss nicht leiden, als Mutterbrust der Welt. Meinen Plan finden Sie komisch? Dabei, Monsieur, ist diese Idee brüderlicher als Ihre. So denke ich jetzt, Monsieur, und dabei bleibe ich auch.

Sie schauen sich an. Es kommt Wind auf.

V
Unter der Veranda.

CAL *bemerkt Léone – schreit* Horn! *Er trinkt.*
LÉONE *mit ihrer Blume in der Hand* Wie heißen diese Blumen?
CAL Horn!
LÉONE Wissen Sie, wo ich was zu trinken finden könnte?
CAL Horn! *Er trinkt.* Scheiße, wo steckt er wieder?
LÉONE Rufen Sie ihn nicht, keine Umstände, ich finde schon selber was. *Sie entfernt sich.*
CAL *hält sie auf* Mit diesen Schuhen wollen Sie hier rumlaufen?
LÉONE Meine Schuhe?

CAL Setzen Sie sich. Also was, mache ich Ihnen Angst?
LÉONE Nein.

Schweigen. In der Ferne bellt der Hund.

CAL In Paris haben sie keine Ahnung, was Schuhe sind. In Paris haben sie keine Ahnung und machen Mode, wie es ihnen passt.
LÉONE Das ist das einzige, was ich mir gekauft habe, und jetzt sagen Sie mir das! Diese Halsabschneider! Was so ein Stück Leder kostet! Immerhin Saint Laurent, Boutique Afrique. Teuer! Uij. Ein Wahnsinn.
CAL Sie müssen höher hinaufgehen, sie müssen den Knöchel stützen. Mit guten Schuhen hält man was aus, auf die Schuhe kommt es an. *Er trinkt.*
LÉONE Ja.
CAL Wenn Sie Angst haben vor dem Schweiß, das ist Unsinn. Eine Schweißschicht trocknet, und dann noch eine und noch eine, das ist wie ein Panzer, das schützt. Und wenn Sie vor dem Geruch Angst haben, der Geruch schärft den Instinkt. Und kennt man den Geruch, dann kennt man die Leute; außerdem ist es praktisch, man erkennt ihre Sachen, alles wird einfacher, Instinkt eben.
LÉONE Ah ja.

Schweigen.

CAL Trinken Sie einen mit; warum trinken Sie nicht?

LÉONE Whiskey? O nein, ich darf nicht. Meine Tabletten. Und ich bin nicht so durstig.

CAL Hier muss man trinken, mit Durst oder ohne; sonst trocknet man aus. *Er trinkt. Schweigen.*

LÉONE Ich müsste einen Knopf dran nähen. Das ist wieder typisch; für die Knopflöcher reicht es bei mir nicht. Keine Geduld, kein bisschen. Ich hebe sie mir immer auf bis zum Schluss, und schließlich und endlich: eine Sicherheitsnadel. Die schicksten Kleider, die ich mir genäht habe, ich schwöre Ihnen, sie gehen immer nur mit Sicherheitsnadeln zu. Dumme Gans, einmal wirst du dich noch stechen.

CAL Früher konnte man mich jagen mit Whiskey; ich habe Milch getrunken, nichts als Milch, kann ich Ihnen sagen, literweise, eimerweise; als ich noch nicht gereist bin. Aber seit ich reise, pah, ihre Scheißtrockenmilch, ihre amerikanische Milch, ihre Sojamilch, diese Milch hat ja 'ne Kuh nicht mal von weitem gesehen. Da muss man sich an dieses Dreckszeug gewöhnen. *Er trinkt.*

LÉONE Ja.

CAL Dieses Dreckszeug findet man zum Glück überall, wenigstens das; das hat mir noch nie gefehlt, in keinem Winkel der Welt. Und ich bin rumgekommen, das können Sie mir glauben. Sind Sie gereist?

LÉONE O nein, das ist das allererste Mal.

CAL So jung, wie ich vor Ihnen stehe, was ich schon rumgekommen bin, glauben Sie mir, glauben Sie mir. In Bangkok war ich, ich war in Isfahan, am Schwarzen Meer, Marrakesch, Tanger, La Réunion, die Karibik, Honolulu, Vancouver war ich,

Chicoutimi, Brasilien, Kolumbien, Patagonien, die Balearen, Guatemala war ich; zuletzt dieses Scheißafrika, Dakar, Abidjan, Lomé, Léopoldville, Johannesburg, Lagos; Afrika ist am schlimmsten, kann ich Ihnen sagen. Wo du hinkommst, Whiskey oder Sojamilch; und darauf kannst du gehen. Dabei bin ich jung; aber ich kann Ihnen sagen; ein Whiskey gleicht einem Whiskey und eine Baustelle einer Baustelle, eine französische Firma einer französischen Firma, alles die gleiche Scheiße.

LÉONE Ja.

CAL Nein, diese Firma hier ist nicht die schlimmste, dass mir keiner was in den Mund legt, was ich nicht sage, nein. Im Gegenteil, vielleicht ist es die beste. Sie kümmert sich um einen, sie behandelt einen anständig, wir kriegen gut zu essen, sind ordentlich untergebracht, eine französische Firma eben. Du wirst nicht hören, dass ich was dagegen sage, das merk dir. *Er trinkt.* Das ist nicht wie bei diesen anderen Drecksläden, diesen Italienern oder Holländern oder Deutschen oder Schweizern oder weiß der Teufel wem, die sich jetzt in Afrika breit machen und einen Saustall anrichten. Nein, nicht bei uns, nein, die ist in Ordnung. *Er trinkt.* Ich möchte kein Italiener oder Schweizer sein, das kannst du mir glauben.

LÉONE O ja, o nein.

CAL Trink das. *Er reicht ihr ein Glas Whiskey.*

LÉONE Wo er bloß bleibt?

Schweigen.

CAL *leise* Warum bist du hergekommen?
LÉONE *erschrickt* Warum? Ich wollte Afrika sehen.
CAL Was sehen? *Pause.* Das hier ist nicht Afrika. Das ist eine französische Baustelle, Bébé.
LÉONE Aber trotzdem...
CAL Nein. Interessiert dich Horn?
LÉONE Ja, wir werden heiraten.
CAL Horn heiraten?
LÉONE Ja, ihn.
CAL Nein.
LÉONE Aber warum sagen Sie immer... Schnuck, wo ist er?
CAL Schnuck? *Er trinkt.* Horn kann nicht heiraten, das weißt du, oder? *Schweigen.* Hat er dir erzählt...
LÉONE Ja, ja, er hat es mir erzählt.
CAL Er hat es dir also erzählt?
LÉONE Ja, ja, ja.
CAL Schneid hat er. *Er trinkt.* Da bleibt er einen Monat ganz allein hier, nur mit ein paar Boubous, ganz allein; um auf das Material aufzupassen während ihrem Scheißkrieg; mich hätten sie nicht dazu gekriegt, zu diesem Scheißjob. Dann hat er dir also alles erzählt, die Schießerei mit den Plünderern, seine Verwundung – eine schreckliche Verwundung – und das alles? *Er trinkt.* Er ist ein Draufgänger.
LÉONE Ja.
CAL Nein. Was hilft ihm das jetzt? Was hat er mehr, weißt du das?
LÉONE Nein, ich weiß es nicht.
CAL *zwinkernd* Aber was er weniger hat, das wirst du doch wissen! *Er trinkt.* An dieser Geschichte

ist was faul. *Er schaut sie an.* Was interessiert ihn an dir?

Rufe der Posten, Schweigen.

LÉONE Ich habe so Durst. *Sie steht auf, entfernt sich unter den Bäumen.*

VI

Der Wind wirbelt roten Staub auf. Léone bemerkt jemanden unter den Bougainvilleen. Im Wispern und Wehen, in dem Flügelschlagen, das sie umkreist, erkennt sie ihren Namen, dann spürt sie den Schmerz eines Stammeszeichens, das in ihre Wange geritzt wird. Der Harmattan, der Sandwind, trägt sie zum Fuß des Baumes.

LÉONE *nähert sich Alboury* Ich suche Wasser. Wasser bitte.* *Sie lacht.* Verstehen Sie deutsch? Das ist die einzige Fremdsprache, die ich ein bisschen kann. Meine Mutter war nämlich Deutsche, eine richtige, gebürtige Deutsche, und mein Vater Elsässer. So kommts... *Sie geht näher zum Baum.* Bestimmt suchen sie mich. *Sie schaut Alboury an.* Er hat mir doch gesagt... *Zärtlich.* Dich erkenne ich, es ist sicher. *Sie schaut sich um.* Wie ich die Blumen gesehen habe, habe ich alles wiedererkannt. Ich habe die Blumen wiedererkannt, von denen ich nicht weiß, wie sie heißen. Aber so hin-

* Die im folgenden unterstrichenen Passagen spricht Léone im französischen Original in deutscher Sprache.

gen sie an den Zweigen, in meinem Kopf, und die Farben, im Kopf habe ich sie alle schon mal gesehen. Glauben Sie, dass man schon mal gelebt hat? *Sie schaut ihn an.* Warum hat er mir gesagt, außer ihm und dem anderen sei keiner da? *Aufgeregt.* Ich glaube daran, ich glaube daran. So glückliche Augenblicke, so voller Glück, sie fallen mir wieder ein, von ganz weit weg, wunderschön. Das muss alles eine Ewigkeit her sein. Ich glaube daran. Ich kenne einen See, an dessen Ufer ich schon mal gelebt habe, und das fällt mir immer wieder ein. *Sie zeigt ihm eine Blume.* Die findet man nur in warmen Ländern, sonst nirgends, nicht wahr? Die habe ich also wiedererkannt, von ganz weit weg, und ich suche nach dem übrigen, nach dem lauen Wasser des Sees, nach den glücklichen Augenblicken. *Sehr aufgeregt.* Ich war schon einmal irgendwo unter einem kleinen gelben Stein begraben, unter so ähnlichen Blumen. *Sie beugt sich zu ihm.* Er hat mir gesagt, es wäre keiner da. *Sie lacht.* Dabei sind Sie doch hier! *Sie entfernt sich.* Gleich wirds regnen, oder? Erklären Sie mir, was machen die Insekten, wenns regnet? Ein Wassertropfen auf ihre Flügel und sie sind hin. Also, was passiert mit ihnen, wenns regnet? *Sie lacht.* Ich bin so froh, dass Sie kein Franzose oder so was sind. So halten Sie mich wenigstens nicht für eine blöde Ziege. Außerdem bin ich selber keine echte Französin. Halb deutsch, halb elsässisch. So gesehen sind wir... Ich lerne Ihr Afrikanisch, ja, und wenn ich es gut kann, wenn ich bei jedem Wort, das ich sage, genau nachdenke, dann sage ich Ihnen...

wichtige Dinge; Dinge, die... ich weiß nicht. Ich traue mich nicht mehr, Sie anzuschauen. Sie sind so ernst, also ich und ernsthaft, na ja... *Sie läuft hin und her.*
Spüren Sie den Wind? Wenn der Wind sich so dreht, dann dreht sich der Teufel. Verschwinde, Teufel! Pschttt! Geh weg! Als ich klein war, wurden dann im Dom die Glocken geläutet, damit der Teufel sich davonmacht. Hier gibt es keine Kirche? Komisch, ein Land ohne Kirchen. Ich mag Kirchen. Dafür gibt es Sie hier. Sie sind so ernst; ich mag es gern, wenn jemand ernst ist. *Sie lacht.* Ich bin eine dumme Gans, verzeihen Sie. *Sie wird ruhig.* Ich würde lieber hier bleiben. Es ist so mild. *Sie berührt ihn, ohne ihn anzusehen.* Komm mit mir, Wasser holen. Was bin ich blöd. Bestimmt suchen sie schon nach mir. Ich habe da nichts verloren, das ist sicher. *Sie lässt ihn los.* Da ist jemand. Ich habe gehört, wie... *Leise.* Teufel, verschwinde. Pschttt! *In sein Ohr.* Ich komme wieder. Warten Sie auf mich. *Alboury verschwindet unter den Bäumen.* Oder kommen Sie zurück. *Cal kommt.*

VII

CAL *mit einem Finger auf dem Mund* Sprich nicht so laut, Bébé, das wär ihm nicht recht.

LÉONE Wem? Es ist doch sonst keiner da, außer uns.

CAL Eben Bébé, eben, es ist sonst keiner da. *Er lacht.* Horn hats mit der Eifersucht. *Gebell in der*

Nähe. Toubab! Was macht er denn da drüben? *Er packt Léone am Arm.* War hier jemand?

LÉONE Toubab, wer ist das?

CAL Mein Hund. Wenn er einen Boubou sieht, bellt er. Hast du jemanden gesehen?

LÉONE Haben Sie ihn denn dressiert?

CAL Dressiert? Ich habe meinen Hund nie dressiert. Das ist Instinkt, sonst gar nichts. Aber du, pass auf, wenn du was siehst: Lass die Tiere das unter sich abmachen, lauf und bring dich in Sicherheit.

LÉONE Was? Wenn ich was sehe?

CAL Ein Tritt in den Bauch oder ein Messer in den Rücken, das hast du davon, wenn du anfängst, Fragen zu stellen, anstatt wegzulaufen. Ich sags dir, wenn du irgendwas siehst, was du noch nicht gesehen hast oder was ich dir noch nicht gezeigt habe, hau ganz schnell ab, so schnell du kannst, und bring dich in Sicherheit. *Er nimmt sie in den Arm.* Arme Bébé! Auch ich bin einmal hier angekommen, den Kopf voller Ideen über Afrika: Was man zu sehen kriegt, was man zu hören kriegt! Im Kopf hab ich es gemocht. Du siehst und du hörst nichts von all dem, was du dir erwartet hast. Ich kann verstehen, dass du traurig bist.

LÉONE Ich bin nicht traurig. Ich wollte was trinken, das ist alles.

CAL Du heißt?

LÉONE Léone.

CAL Interessiert dich das Geld?

LÉONE Was für Geld? Was soll das heißen? *Cal lässt sie los, geht zum Lastwagen.*

CAL Die Frau ist schlau, gefährlich. *Er lacht.* Was hast du in Paris gearbeitet?

LÉONE In einem Hotel. Zimmermädchen.

CAL Ah, eine Perle. Hier verdient man weniger, als du glaubst.

LÉONE Ich glaube gar nichts.

CAL Wir arbeiten viel und verdienen nichts.

LÉONE Doch, ich weiß, dass Sie viel verdienen.

CAL Kleine Perle, wie kommst du da drauf? Seh ich aus wie ein Großverdiener? *Er zeigt seine Hände.* Sehe ich aus wie einer, der nicht arbeitet?

LÉONE Wenn Sie nicht reich sind, dann nicht, weil Sie arbeiten.

CAL Wenn wir richtig reich wären, dann hätten wir keine kaputten Hände, das heißt Reichtum. Wenn du reich bist, wird dir alles abgenommen, jede Anstrengung. Es bleibt nicht eine übrig, nicht ein Schweißtropfen, nicht die kleinste Bewegung, wenn du sie nicht gern machst. Nicht der kleinste Schmerz. Das ist Reichtum! Aber wir! Schlag dir das aus dem Kopf. Sie zahlen, ja, aber nicht genug, nicht genug. Die wirklich reichen Leute, denen tut nichts mehr weh. *Er sieht Léone an.* Mit dieser Geschichte im Krieg, mit diesem Unfall, hat Horn bestimmt viel Geld verdient. Er spricht nie darüber, es muss also wahnsinnig viel sein. Dich interessiert das Geld, was, Bébé?

LÉONE Sagen Sie nicht Bébé zu mir. Sie haben Wörter: Boubou, Bébé und dann der Name für Ihren Hund. Geben Sie doch nicht allen Hundenamen. Ich bin Schnuck nicht wegen dem Geld nachgekommen.

CAL Warum dann?

LÉONE Ich bin ihm nachgekommen, weil er es mir vorgeschlagen hat.

CAL Wenn also irgendeiner es dir vorgeschlagen hätte, dann wärst du ihm nachgekommen, ha? *Er lacht.* Die Frau hat Temperament!

LÉONE Es war nicht irgendeiner.

CAL Und du schaust dir gern Feuerwerk an, was, Bébé?

LÉONE Ja, auch. Auch davon hat er mir erzählt.

CAL Du träumst gern, was? Und ich soll auch träumen, das hättest du wohl gern, was? *Hart.* Aber ich träume die Wahrheit, ich träume keine Lügen. *Er sieht sie an.* Die Frau ist eine Diebin. *Léone schrickt zusammen. Cal zieht sie wieder an sich.* Ich mache Spaß, Bébé, hab keine Angst. Wir haben schon so lange keine Frau mehr gesehen. Ich wollte ein bisschen Spaß haben mit einer Frau. Ich komme dir bestimmt vor wie ein Wilder, was?

LÉONE Nein, oh...

CAL Aber wir wären garantiert bald wie die Wilden, wenn wir uns gehen lassen würden. Aber ich sage mir: Nur weil wir hier am Arsch der Welt sind, müssen wir uns noch lange nicht gehen lassen. Ich zum Beispiel, du wirst sehen, ich interessiere mich für eine Menge Dinge. Ich rede gern, ich habe gern Spaß, und vor allem unterhalte ich mich gern mit Leuten. Ich war verrückt auf Philosophie, das kannst du mir glauben. Aber hier, was kriegst du hier davon mit? Nein, Afrika ist nicht das, was man sich darunter so vorstellt, Bébé. Sogar die alten Hasen, die hier sind, sperren sich dagegen, dass wir neue Ideen herbringen. Die Firma, die Arbeit, da bleibt einem keine Zeit. Und Ideen, Ideen hab ich, ich hab sie gehabt. Aber wenn du denkst und denkst, wenn du immer so allein vor dich hindenkst, dann merkst du am Schluss, wie dir die Ideen im Kopf zerplatzen. Eine nach der andern. Sobald ich mit einer anfange, plopp, wie ein Luftballon, plopp. Wie du gekommen bist, hast du bestimmt am Straßenrand die Hunde gesehen, den Bauch aufgebläht wie ein Luftballon, und die Pfoten in der Luft. Aber Hauptsache ist, man kann sich mit jemandem unterhalten. Ich war schon immer neugierig: Musik, Philosophie: Troyat, Zola, vor allem Miller, Henry. Du kannst in mein Zimmer kommen und meine Bücher benutzen. Ich habe alles von Miller. Meine Bücher sind auch deine, du heißt?

LÉONE Léone.

CAL Ich war wirklich wild auf Philosophie, als ich studiert hab. Vor allem Miller, Henry, wie ich ihn gelesen hab, das hat mich total befreit. Das war eine wilde Zeit in Paris, Paris, der größte Umschlagplatz der Welt für Ideen. Miller, ja! Wo er träumt, wie er Sheldon mit der Pistole umlegt und sagt: Ich bin kein Polacke! Kennst du das?

LÉONE Ich weiß nicht – nein.

CAL Und wenn du dann hier ankommst, dann kommt es dir gar nicht in den Sinn, dich gehen zu lassen, wirklich nicht, Bébé.

LÉONE Léone.

CAL Die Frau hält sich bedeckt. *Er lacht.* Warum denn? Man muss ganz direkt sein. Nichts steht zwischen uns, wir sind gleich alt, wir sind uns ähnlich. Ich jedenfalls bin ganz direkt. Es gibt keinen Grund, zuzumachen.

LÉONE Nein, es gibt keinen Grund.

CAL Außerdem bleibt uns gar nichts anderes übrig. Wir sind hier allein, du wirst niemanden finden, mit dem du reden kannst, keinen Menschen. Wir sind hier am Arsch der Welt. Vor allem jetzt, wo hier Schluss ist. Bis auf ihn und mich ist keiner mehr da. Und seine Bildung, na ja... Und dann ist er ja auch ein alter Knacker, Horn.

LÉONE Ein alter Knacker! Was Sie für Wörter haben. Ich rede gern mit ihm.

CAL Ja, mag sein, nein. Aber auf die Dauer braucht man etwas, was man bewundern kann. Bewunderung ist etwas sehr Wichtiges. Die Frau bewundert die Bildung des Mannes. Du heißt?

LÉONE Léone, Léone.

CAL Also?

LÉONE Was also?

CAL Warum Horn?

LÉONE Warum was?

CAL Könntest du einen Mann heiraten, dem das... das Wichtigste fehlt? Könntest du das, für Geld? Die Frau ist zum Kotzen.

LÉONE Lassen Sie mich los.

CAL Aber, aber, Bébé, ich wollte doch nur sehen, wie du reagierst. Mich geht die Geschichte ja nichts an. Weinst du oder was? Nimms nicht so schwer. Ich verstehe ja, dass du traurig bist, Bébé. Aber bin ich traurig? Und glaub mir, ich hätte allen Grund, traurig zu sein, echte Gründe nämlich. *Begütigend.* Ich leih dir meine Schuhe. Das fehlt noch, dass du dir eine dieser Scheißkrankheiten fängst. Hier werden wir alle halbe Wilde, ich weiß; wir sind eben am Arsch der Welt. Aber das ist kein Grund zum Heulen. Nimm zum Beispiel mich. Ich habe mehr Diplome, eine bessere Qualifikation, mehr studiert als Horn, und doch bin ich unter ihm. Findest du das normal? Alles ist hier verkehrt. Aber, Bébé, mach ich einen Elefanten draus? Heule ich?

LÉONE Da kommt Schnuck. *Sie steht auf.*

CAL Rühr dich nicht. Ein Dieb hat sich in die Siedlung eingeschlichen. Es ist gefährlich.

LÉONE Sie sehen überall Diebe.

CAL Ein Boubou. Die Wachen haben ihn irrtümlich durchgelassen. Du siehst ihn, und in der gleichen Sekunde, zack! In den Bauch oder in den Rücken, zack! Komm in den LKW!

LÉONE Nein. *Sie stößt ihn zurück.*

CAL Es war nur zu deinem Schutz. *Nach einer Weile.* Du hast ein falsches Bild von mir, Bébé, ich weiß. Seit die Baustelle steht, haben wir keine Frau mehr hier gesehen, wenn ich dann eine sehe, hauts mich um, so ist das. Das kannst du schwer verstehen; du kommst aus Paris. Aber wie ich dich gesehen hab, das hat mich umgehauen. Ich wär gern anders gewesen. Ich hab gespürt, wir könnten uns sofort mögen. Aber ich bin nie so, wie ich gern wäre. Trotzdem, ich bin sicher, wir müssen uns mögen. Für Frauen hab ich den Instinkt. *Er nimmt ihre Hand.*

LÉONE Ich werde ganz rot, ich merks.

CAL Du hast Temperament, das sieht man gleich; das gefällt mir an dir, dein Temperament. Wir sind uns ähnlich, Bébé. *Er lacht.* Die Frau ist sehr attraktiv.

LÉONE Die Frauen hier müssen so schön sein. Oh, was komme ich mir hässlich vor. *Sie steht auf.* Da ist Schnuck.

CAL *geht ihr nach* Sei nicht so zimperlich, kleine Perle, für bestimmte Sachen hab ich den Instinkt.

LÉONE *sieht ihn an* Ich finde uns so hässlich. Er ist es, ich höre ihn. Er ist da und sucht nach mir. *Cal hält sie ganz fest. Schließlich entflieht sie ihm.*

CAL Mimose!

LÉONE Gangster!

CAL Paris, der größte Puff der Welt!

LÉONE *von ferne* Verschwinde, verschwinde!

CAL Scheiße! *Nach einer Weile.* Wenn man so lange keine Frau mehr gesehen hat, dann denkt man, es ist... es ist wie eine Explosion. Und dann: nichts, gar nichts. Wieder ein Abend vertan. *Er geht.*

VIII

Am Tisch, beim Würfeln

HORN Ausgewogenheit, genau das ist es. Wie in der Ernährung: das richtige Maß an Eiweiß und Vitaminen, das richtige Maß an Fett und Kalorien; Ausgewogenheit der zugeführten Nahrung, genau aufeinander abgestimmte Vor-, Haupt- und Nachspeise. So muss ein gutes Feuerwerk aufgebaut sein, ausgewogen: aufeinander abgestimmte Farben, Sinn für Harmonie, das richtige Maß bei der Abfolge der Explosionen, das richtige Maß in der Steighöhe. Die Ausgewogenheit des Ganzen und die Ausgewogenheit jedes einzelnen Moments, bis du das hinkriegst, musst du ganz schön tüfteln, das sag ich dir. Aber du wirst sehen, Cal, du wirst sehen, was Ruggieri und ich an den Himmel zaubern.

CAL *hört auf zu spielen* Ich finde dieses Spiel beschissen.

HORN Beschissen? Was ist an diesem Spiel denn so beschissen?

CAL Ich finde es beschissen.

HORN Mein Gott, ich weiß nicht, was du daran findest.

CAL Eben, es gibt gar nichts daran zu finden, wirklich nichts.

HORN Also was willst du? Herrgott! Wir sind zu zweit, ich weiß nicht, was wir zu zweit spielen sollten. Dir ist es vielleicht nicht kompliziert genug. Man kann es komplizierter machen; ich weiß Varianten, wir machen eine Bank, und man setzt nur auf...

CAL Ich finde es noch beschissener, wenn es komplizierter ist.

HORN Also du spielst nicht mehr?

CAL Ich will nicht mehr, nein, ich finde, vom Spielen wird man blöd.

HORN *nach einer Weile* Herrgott, nein, ich versteh es nicht.

CAL *mit dem Kopf in den Händen* Plopp.

HORN Was?

CAL Jedes Mal, wenn wir dieses Spiel spielen, wird bei uns eine Schraube locker. *Er schlägt sich an den Kopf.* Da, ich merks genau.

HORN Was ist los mit dir? Überall wird gespielt,

auf allen Baustellen, und ich habe noch nie jemanden gesehen, noch nirgendwo, der mitten drin aufhört und sagt: bei mir geht eine Schraube locker. Was denn für eine Schraube, verdammt? Und du genauso, monatelang sehe ich, wie du spielst... Wenn du willst, gehe ich sie holen auf eine Runde...

CAL Nein, nein, nein, kein Poker, bloß nicht!

HORN Sag nur, jetzt sind auch noch die Karten...

CAL Nein, das ist noch beschissener.

HORN Also, alle Leute, die Karten spielen, sind blöd? Seit Jahrhunderten spielt man Karten, in allen Ländern. Wir sind alle blöd, und es ist noch keinem aufgefallen außer dir! Herrgott!

CAL Nein nein nein, ich will überhaupt nichts mehr spielen.

HORN Also was sollen wir tun?

CAL Ich weiß nicht. Nicht verblöden.

HORN Gut, einverstanden.

Sie schmollen.

CAL *nach einer Weile* So klingt Afrika. Nicht das Tamtam, nicht das Hirsedreschen. Nein. Der Ventilator über dem Tisch und das Geräusch der Karten und Würfel. *Nach einer Weile, leise.* Amsterdam, London, Wien, Krakau...

HORN Was?

CAL All diese Städte im Norden, die ich kennen lernen möchte... *Nach einer Weile schenken sie nach.* Ich setze fünfhundert Francs auf die zehn.

HORN Mit Bank oder ohne?

CAL Nein, nein, das Einfachere.

HORN Ich gehe mit. *Sie schütteln den Würfelbecher. Horn schiebt die Whiskeyflasche zur Seite.* Du trinkst zuviel, das ist es.

CAL Bestimmt nicht. Ich bin nie besoffen. Nie.

HORN Was zum Teufel macht sie, wo steckt sie?

CAL Weiß ichs? *Er räumt ab.* Im Gegenteil, Besoffene haben mich immer angeekelt. Deshalb gefällts mir hier so. Mich hats immer angewidert, wenn ich mit einem Besoffenen zu tun hatte. Deshalb wärs mir lieb, ja, mir wär lieb, wenn auf der nächsten Baustelle... *Sie setzen.* Ich hätte genauso gut an jemanden geraten können, der jeden Abend besoffen ist, wie es das auf manchen Baustellen gibt, ich weiß genau, dass es das gibt, das wäre drin gewesen, ganz sicher. *Die Würfel fallen.* Du könntest fragen, ob du mich auf der nächsten Baustelle wieder bei dir haben kannst. Du bist wichtig genug, Chef, du bist lange genug in dem Laden. Auf dich werden sie hören, Chef.

HORN Für mich wird es keine nächste Baustelle geben.

CAL Doch, Chef, das weißt du ganz genau, das weißt du genau, Chef. Du siehst dich in einem Häuschen in Frankreich, irgendwo im Süden, mit dem Gequengel einer Frau und einem kleinen Garten, Chef? Du wirst nie aus Afrika weggehen. *Er räumt ab.* Das hast du im Blut! *Nach einer Weile.* Denk nicht, ich will dir schmeicheln, aber du hast das Kommandieren im Blut. Du bist ein Boss, an dem man hängt, das muss man dir lassen, du bist ein Boss, an den man sich gewöhnt. Du bist mein Boss wie von Natur; es fällt mir gar nicht mehr auf: nichts dagegen zu sagen.

Auf der Baustelle, wenn mir einer sagt, Boss dies und Boss das, dann sag ich immer: halt mal, der Boss, das bin nicht ich, das ist Horn. Ich, was bin ich? Nichts. Ich bin nichts. Ich schäme mich nicht, es zu sagen. Ohne dich: überhaupt nichts. Dir macht nichts Angst; sogar die Bullen machen dir keine Angst. Wenn du dagegen mich nimmst, ohne dich... Ich habe Angst, ich schäme mich nicht, es zu sagen, Angst, aber so richtig Angst. Vor einem Boubou, der ein Bulle ist, laufe ich weg, einen Boubou, der kein Bulle ist, knalle ich ab. Angst, das ist Nervensache, da kann man nichts machen. Sogar vor einer Frau krieg ich die Panik, Chef, ja, das ist alles drin. Also, Chef, ich brauch dich. *Leise.* Hier vergammelt alles, die Baustelle ist nicht mehr das, was sie mal war. Leute gehen rein und raus; und wenn wir uns trennen, dann stehen wir auch noch allein da. *Leiser.* Ist es nicht ein Blödsinn, dass du dir eine Frau mitgebracht hast? *Noch leiser.* Ist der Boubou nicht deshalb gekommen, weil er weiß, dass hier eine Frau ist? *Sie setzen.* Wir müssen zusammenhalten wie Pech und Schwefel, so sehe ich das. Wenn ich daran denke, ich wäre auf einer anderen Baustelle, jeden Abend die besoffenen Typen: da baller ich drauf los, sag ich dir. *Sie schauen auf die Würfel. Cal räumt ab.*

HORN *steht auf* Was zum Teufel macht sie?

CAL Noch eine Runde, Chef, die letzte. *Lächelnd.* Tausend Francs auf die Zehn. *Er setzt. Horn zögert.* Ein Draufgänger wie du, Chef, du wirst doch nicht kneifen? *Horn setzt, sie schütteln den Würfelbecher.* Warte. *Sie horchen.* Er redet.

HORN Was?

CAL Hinter dem Baum; er steht immer noch da und redet.

Sie horchen. Plötzlich legt sich der Wind, die Blätter bewegen sich, kommen dann zur Ruhe. Ein gedämpftes Geräusch: nackte Füße laufen über die Steine, in der Ferne; das Fallen von Blättern und Spinnweben; Stille.

IX

Alboury sitzt zusammengekauert unter den Bougainvilleen. Léone kommt, sie kauert sich in einigen Abstand vor Alboury hin.

ALBOURY Mann na la wax dara?

LÉONE Wer reitet so spät durch Nacht und Wind...?

ALBOURY Wala niou noppi te xolan te rek.

LÉONE Es ist der Vater mit seinem Kind. *Sie lacht.* Sehen Sie, auch ich spreche ausländisch! Wir werden uns schon noch verstehen, da bin ich sicher.

ALBOURY Yaw degoulo sama lakka wande man deguana sa boss.

LÉONE Ja, ja, genau so muss man reden. Sie werden sehen, irgendwann versteh ichs. Verstehen Sie mich auch? Wenn ich ganz langsam spreche? Man soll keine Angst haben vor Fremdsprachen, im Gegenteil. Ich habe mir immer gedacht, wenn man den Leuten lange und aufmerksam zuschaut, wie sie reden, kriegt man alles mit. Man braucht Zeit, dann klappt es. Ich spreche mit Ihnen ausländisch und Sie mit mir auch, da kommen wir bald zusammen.

ALBOURY Wax guamma deloussil mangui ni.

LÉONE Aber langsam, ja? Sonst kommen wir zu gar nichts.

ALBOURY *nach einer Weile* Degoulo ay youxou jiguene?

LÉONE ... der Erlenkönig mit Kron und Schweif?

ALBOURY You n'guelaw li di andi fi.

LÉONE Mein Sohn, es ist ein Nebelstreif. Es kommt, nicht wahr? Sehen Sie. Sicher, mit der Grammatik dauert es länger. Man muss lange zusammen gewesen sein, bis es perfekt wird; aber selbst mit Fehlern... Hauptsache, man kennt die wichtigsten Wörter; nein, nicht einmal: Hauptsache ist der Ton. Oder nicht mal das, man braucht sich einfach nur anzuschauen, ohne zu reden.

Pause. Sie sehen einander an. In weiter Ferne Hundegebell. Sie lacht.

LÉONE Nein, ich kann nicht still sein, wir werden still sein, wenn wir uns verstehen. Aber ich weiß nicht, was ich sagen soll. Ich bin normalerweise furchtbar geschwätzig. Aber wenn ich Sie ansehe... Sie beeindrucken mich; aber ich lasse mich gern beeindrucken. Jetzt Sie, jetzt sind Sie dran, was zu sagen, bitte.

ALBOURY Yaw lay quiss, wande si sama bir xalatt, benen jiguene boudi jioye di terre wa dekk bi nelaw lay guiss.

LÉONE Mehr, mehr, bloß langsamer.

ALBOURY Dioye yan n'guimaye tanxale.
LÉONE *leise* Sie sind hier der einzige, der mich ansieht, wenn er mit mir spricht.
ALBOURY Degoulo dioyou jiguene diodiou?
LÉONE Ja, ja, sehen Sie, ich frage mich wirklich, warum ich hergekommen bin. Alle machen mir jetzt Angst. *Sie lächelt ihm zu.* Nur Sie nicht; und gerade in Ihrer Sprache kann ich noch gar nichts, kein bisschen.

In der tiefen Stille rufen zwei Wachen einander sehr plötzlich, sehr hart an; dann wieder Schweigen.

LÉONE Macht nichts. Ich möchte trotzdem gerne bei Ihnen bleiben. Ich fühle mich so furchtbar fremd.
ALBOURY Lann nga niaw utt si fi?
LÉONE Ich glaube, ich fange an, Sie zu verstehen.
ALBOURY Lann nga niaw deff si fi?
LÉONE Ja, oh, ich habs gewusst, es kommt!
ALBOURY *lächelnd* Hast du Angst?
LÉONE Nein.

Auf einmal trägt aufgewirbelter roter Sand Hundegekläff herüber und drückt das Gras zu Boden und die Zweige an die Bäume, während wie ein Regen aus der Erde ein aufgeschreckter Schwarm selbstmörderischer Eintagsfliegen hochschwirrt und alles umnebelt.

X
Am Tisch

CAL Ein vertaner Abend, den ganzen Abend nur gewartet; findest du nicht, dass es ein komischer Abend ist? Eine Partie, die man aufhört und wieder anfängt, eine Frau, auf die man wartet und die verschwindet, und sogar ein Feuerwerk. Da, schau das Feuerwerk, das uns Afrika schenkt: diesen Staub aus toten Tierchen.

HORN *untersucht ein Insekt* Komisch, es hat nicht geregnet. Normalerweise kommen sie nach dem Regen. Dieses verdammte Land werde ich nie verstehen.

CAL Was für ein Schlamassel; so was nenne ich Schlamassel; die Frau kümmert sich nicht mal um dich. Sicher sitzt sie irgendwo in der Ecke und heult oder sonst was. Mich wundert das nicht; gleich wie ich sie gesehen hab, hab ichs gewusst, instinktiv. Ich will dich nicht ärgern, Chef, im Gegenteil; klar, mit deinem Geld machst du, was du willst, es gehört dir, dir ganz allein, du leistest dir, was dir Spaß macht, Chef. Aber auf die Frauen ist kein Verlass für den Spaß im Leben; mit den Frauen, das klappt nicht; wir müssen uns auf uns selber verlassen, auf uns selbst ganz allein, und ihnen ein für alle Mal sagen: wir haben mehr Spaß, viel mehr Spaß daran, wenn wir eine Arbeit gut hinkriegen – gerade du sagst da bestimmt nichts dagegen, Chef –, da hast du was davon, eine Frau ist das nie wert: eine stabile Brücke, die wir gebaut haben mit unseren Händen und mit unserem Kopf, eine schöne gerade Straße, die die

Regenzeit aushält, das macht Spaß. Chef, die Frauen werden nie verstehen, was den Männern wirklich Spaß macht, sagst du was dagegen, Chef? Ich weiß, das sagst du nicht.

HORN Ich weiß nicht, vielleicht, vielleicht hast du recht. Ich weiß noch, die erste Brücke, die ich gebaut habe: die erste Nacht, als der letzte Träger gelegt war, die allerletzte Feinarbeit erledigt, bevor sie am nächsten Tag eröffnet wurde; was ich noch weiß, wie ich mich nackt ausgezogen habe und die ganze Nacht nackt auf der Brücke schlafen wollte. Ich hätte mir den Hals zehn Mal brechen können, so bin ich die ganze Nacht auf ihr rumgegangen, und ich habe sie überall angefasst, diese Scheißbrücke, ich bin auf den Kabeln rumgeklettert, und manchmal habe ich sie ganz gesehen, im Mondschein über dem Schlamm, weiß, ich erinnere mich ganz genau, wie weiß sie war.

CAL Und die hier lässt du halb fertig, so ein Schlamassel!

HORN Dafür kann ich nichts.

CAL Ich hätte das machen sollen, was ich als erstes vorhatte, ins Ölgeschäft gehen, ja, das war mein Traum. Öl, das hat Rasse. Schau dir die Leute an, die dort arbeiten, wie sie uns anschauen: sie wissen genau, dass sie topp sind. Mich hat das Öl schon immer fasziniert. Alles, was aus dem Boden kommt, hat mich schon immer fasziniert... Brücken hab ich über. Wir vom Tiefbau, was sind wir schon? Nichts im Vergleich zu den Leuten vom Öl: Wir sind das Letzte. Wir sind weniger als nichts. Die Arbeit, alles über Tag, was für Idioten, jeder kann zusehen, lauter ungelernte Kräfte. Was für Leute arbeiten hier? Leute, die schleppen, schieben, tragen und fahren: Arbeitsesel, Arbeitselefanten, Lasttiere; wir sind lauter Lasttiere. Wir sind die Endstation für Hilfsarbeiter. Beim Öl dagegen: sechs oder sieben Facharbeiter, und schau dir an, schau dir an, Chef, was denen für ein Vermögen durch die Hände fließt! Auch ich bin ein Lasttier, ja, ich bin dazu geworden. Dabei hab ich die Qualifikation, ich habe sie. Ich müsste eine Arbeit machen, die mich ausfüllt. Wenn ich abends da unten die Lichter der Ölfelder sehe, kann ich stundenlang hinschauen.

HORN *setzt* Spiel!

CAL Mir steht nicht der Sinn danach, Chef, mir steht nicht der Sinn danach. *Leise.* Du willst mich also wirklich hängen lassen, Horn? Hast du das vor? Sags doch, sags doch! Du willst mich hängen lassen, Chef!

HORN Was?

CAL Lass die Posten auf ihn schießen; wir sind im Recht, verdammt!

HORN Mach dir deshalb keine Sorgen, spiel und mach dir keine Sorgen mehr.

CAL Warum hast du mit ihm gesprochen? Was habt ihr zu reden? Warum lässt du ihn nicht rauswerfen, verdammt!

HORN Der ist nicht wie die andern.

CAL Ich habs ja gewusst, du lässt dich bequatschen. Ich würde zu gern wissen, was ihr zu reden habt. Jedenfalls lässt du mich hängen; das war mir klar.

HORN Dummkopf, du kapierst nicht, dass ich ihn am Ende kriege; und damit basta.

CAL Du wirst ihn kriegen?

HORN Ich kriege ihn.

CAL Trotzdem, ich finde, du bist komisch mit dem Neger.

HORN Herrgott, wer trägt hier die Verantwortung?

CAL Du, Chef. Das bestreitet keiner. Aber...

HORN Wer muss es ausbügeln, wenn die andern Scheiße bauen? Wer muss immer und überall nach dem Rechten sehen, in der ganzen Siedlung, von morgens bis abends auf dem Platz? Wer muss alles im Kopf haben, vom kleinsten Ersatzteil des letzten LKW bis zur Zahl der Whiskeyflaschen im Keller? Wer muss alles planen, beurteilen, führen, Tag und Nacht? Wer muss hier Polizist, Bürgermeister und Direktor sein, General, Familienvater und Kapitän?

CAL Du, Chef, du, klar.

HORN Und wem steht es bis hier, bis hier oben?

CAL Dir, Chef.

HORN Gut, ich habe keine Diplome, aber der Boss hier bin immer noch ich.

CAL Ich will dich nicht ärgern, Chef. Ich wollte dir nur sagen, einfach so in die Luft, dass ich dich komisch finde mit dem Neger, Horn, wie du so mit ihm redest, so normal, so komisch, das ist alles. Wenn du ihn kriegen willst, dann kriegst du ihn auch.

HORN Die Sache ist praktisch erledigt.

CAL *nach einer Weile* Trotzdem bist du ein komischer Typ. Überlass ihn mir, das geht schneller.

HORN Du machst gar nichts, ich mache das.

CAL Du hast komische Methoden.

HORN Man kommt nicht nur mit Geballer durchs Leben, Herrgott. Ich kann das Maul aufmachen, ich kann reden und mit Wörtern umgehen. Ich war vielleicht nicht auf der Schule, aber ich weiß, was Taktik ist. Du kannst alles nur mit Geballer erledigen, und hinterher bist du froh, wenn jemand da ist, der dir aus der Patsche hilft und bei dem du dich ausheulen kannst. In euren Ingenieurschulen lernt ihr also schießen, und das Redenlernen vergesst ihr? Bravo, eine saubere Schule! Dann machts doch, wie ihrs braucht, ballert durch die Gegend, wer hat noch nicht, wer will noch mal. Und dann kommt her und heult euch aus, heult auch aus. Aber mit mir das letzte Mal, ich gehe. Wenn ich weg bin, mach was du willst.

CAL Reg dich nicht auf, Chef.

HORN Ihr könnt nur kaputtmachen; sonst habt ihr auf euren tollen Schulen nichts gelernt. Nur weiter so, meine Herren, mit euren Scheißkaputtmachermethoden. Ja, ihr macht euch in ganz Afrika verhasst, statt euch beliebt zu machen, und was habt ihr am Ende davon, nichts, einen Dreck habt ihr. Ihr reißt das Maul auf, tragt die Knarre in der Hosentasche und wollt nur das schnelle Geld, egal wie; aber ich sage euch, am Ende kriegt ihr nichts, gar nichts, einen Dreck kriegt ihr. Afrika ist euch doch scheißegal; ihr wollt euch nur holen, soviel ihr kriegen könnt. Und nichts hergeben; das vor allem: nichts hergeben. Und zum Schluss bleibt euch nichts, ein Dreck bleibt euch; und unser Afrika habt ihr dann gründlich kaputtgemacht, meine Herren Arschlöcher, ihr habt es kaputtgemacht!

CAL Aber ich will doch überhaupt nichts kaputtmachen, Horn.

HORN Du willst Afrika nicht lieben.
CAL Klar liebe ich es, klar liebe ich es; sonst wäre ich nicht hier!
HORN Spiel!
CAL Mir steht nicht der Sinn danach, Chef. Wenn dich hier mitten in der Siedlung ein Boubou einfach hinterrücks abknallen kann, nein, das macht mich mit den Nerven total fertig, Chef. Also ich glaube, er ist hergekommen, um die Sache auszunützen und Unruhe zu stiften; so verstehe ich das.
HORN Du verstehst überhaupt nichts. Er will Eindruck schinden. Das ist Taktik.
CAL Oder es ist wegen der Frau, wie ich zuerst vermutet hatte.
HORN Nein, er hat was anderes im Kopf.
CAL Im Kopf, was denn im Kopf, was denn anderes, ein Boubou? Du lässt mich hängen, Horn, ich habs kapiert.
HORN Ich kann dich nicht hängen lassen, du Idiot.
CAL Und du würdest beweisen, dass es ein Unfall war, Horn, du wirst es beweisen?
HORN Ein Unfall, ja, warum nicht? Wer hat was anderes gesagt?
CAL Ich habs gewusst. Wir haben allen Grund, zusammenzuhalten, zusammen kriegen wir sie. Jetzt kapier ich: du palaverst, damit du ihn besser drankriegst; das ist eine Methode, ich sag nichts dagegen. Aber trotzdem, Chef, pass auf, mit deinen Methoden hast du schnell eine Kugel im Bauch.
HORN Er ist nicht bewaffnet.
CAL Trotzdem, trotzdem, sei trotzdem auf der

Hut. Die Schweine können alle Karate, und sie sind stark, die Schweine. Es kann dir passieren, dass du flach liegst, bevor du einen Mucks machst.

HORN *zeigt auf zwei Whiskeyflaschen* Ich habe meine Waffen. Bei dem Whiskey bleibt keiner hart.

CAL *sieht auf die Flaschen* Bier tuts doch auch.

HORN Spiel.

CAL *setzt seufzend* So eine Verschwendung!

HORN Aber während ich mit ihm rede, findest du die Leiche. Keine Diskussion, wie ist dein Problem, aber finde sie. Such, ich brauch sie. Sonst haben wir das Dorf am Hals. Finde sie, bevor es Tag wird, oder ich lasse dich wirklich hängen.

CAL Ausgeschlossen, die finde ich nie. Es geht nicht.

HORN Finde eine, egal welche.

CAL Und wie? Wie stellst du dir das vor?

HORN Sie kann nicht weit sein.

CAL Nein! Horn.

HORN *schaut auf die Würfel* Für mich.

CAL Deine Methoden sind Scheiße. *Er schlägt mit der Faust in das Spiel.* Du bist ein Arschloch, du bist ein richtiges Arschloch.

HORN *steht auf* Mach, was ich dir sage, oder ich rühre keinen Finger. *Er geht.*

CAL Das Schwein lässt mich hängen. Ich bin geliefert.

XI

Auf der Baustelle, am Fuß der halbfertigen Brücke, am Fluss, im Halbdunkel; Alboury und Léone.

LÉONE *streichelt ihn* Du hast super Haare.

ALBOURY Man sagt, unsere Haare sind deshalb gekräuselt und schwarz, weil der Ahnherr der Neger, als er von Gott und dann von allen Menschen verlassen war, nur noch mit dem Teufel zusammenblieb, den ebenfalls alle verlassen hatten. Da hat der Teufel ihm zum Zeichen der Freundschaft über den Kopf gestreichelt, und so sind unsere Haare verbrannt.

LÉONE Geschichten mit dem Teufel mag ich wahnsinnig gern. Ich mag wahnsinnig gern, wie du erzählst. Du hast super Lippen. Außerdem ist schwarz meine Farbe.

ALBOURY Es ist eine gute Farbe, um sich zu verstecken.

LÉONE Was ist das?

ALBOURY Das ist der Schrei der Kröten: sie rufen den Regen.

LÉONE Und das?

ALBOURY Der Schrei der Sperber. *Nach einer Weile.* Ich höre auch einen Motor.

LÉONE Ich nicht.

ALBOURY Ich höre ihn!

LÉONE Das ist das Rauschen des Wassers; bei all den Geräuschen kann man es nicht sicher sagen.

ALBOURY Wir können nicht bleiben.

LÉONE Du hast dich getäuscht, ich sag dir, du hast dich getäuscht. Das Geräusch kommt von was anderem. Sei nicht traurig, Alboury.

ALBOURY Ich denke an das Dorf, wo noch niemand schläft, weil sie auf meine Rückkehr warten. Aber jetzt bin ich wie eine satte Schlange, keine Speise kann mich mehr locken. *Nach einer Weile.* Hast du gehört?

LÉONE Nein.

ALBOURY Ein Hund.

LÉONE Ich glaube, ich höre nichts.

ALBOURY Wir können nicht dableiben. Komm.

LÉONE Es ist ein Kläffer, ein kleiner Köter, das hört man am Bellen; es ist ein Köter, er ist weit weg; man hört ihn nicht mehr.

Fernes Hundegebell.

ALBOURY Er sucht mich.

LÉONE Soll er doch kommen. Ich mag sie, ich streichle sie, wenn man sie mag, gehen sie nicht auf einen los.

ALBOURY Es sind böse Tiere. Mich wittern sie von weitem, sie laufen mir nach, um mich zu beißen. Ich habe Angst vor ihnen.

LÉONE Ich werde dich beschützen.

ALBOURY Wir müssen weg.

LÉONE Hast du Angst?

ALBOURY Ja, ja, ich habe Angst.

LÉONE Vor einem kleinen Köter, den man kaum mehr hört! Schämst du dich nicht?

ALBOURY Die Hühner haben Angst vor uns; es ist normal, dass wir vor den Hunden Angst haben.

LÉONE Ich möchte die ganze Nacht hier bleiben. Hier sind wir so gut versteckt.

ALBOURY Sie werden nach dir suchen.

LÉONE Sollen sie doch!

ALBOURY Sie werden uns finden.

LÉONE Aber ich bleibe bei dir. Was soll ich bei denen? Ich habe meine Arbeit aufgegeben, ich habe alles aufgegeben, ich bin weg aus Paris, uijujui! Ich bin weg von allem. Ich war gerade auf der Suche nach jemandem, dem ich treu sein kann. Ich habe ihn gefunden. Jetzt kann ich nicht mehr fort. *Sie macht die Augen zu.* Ich glaube, Alboury, mir sitzt ein Teufel im Herzen. Ich habe keine Ahnung, wie ich an ihn gekommen bin, aber er ist da, ich spüre es. Innen streichelt er mich, innen drin bin ich schon ganz verbrannt, schon kohlrabenschwarz. Sei nicht mehr traurig, Alboury.

ALBOURY Es ist wie eine Kette, die man mir um den Hals gelegt hat. Ich kann sie nicht abstreifen.

LÉONE Alboury! *Sie küsst ihm die Hände und die Füße.* Du bist einfach super. Dich lass ich nicht mehr los.

ALBOURY Die Frauen reden so schnell, ich komme nicht mit.

LÉONE Schnell, das nennst du schnell? Schon mindesten eine Stunde lang denke ich an nichts anderes, eine Stunde denk ich drüber nach, und dann darf ich nicht sagen, dass es ernst ist, genau überlegt, dass es etwas Festes ist? Oder gibt es eine andere Frau. Gibt es eine andere Frau, Alboury?

ALBOURY Eine andere? Nein, ich erinnere mich nicht.

LÉONE Sag mir, was hast du gedacht, als du mich gesehen hast?

ALBOURY Ich habe mir gedacht: sie ist nicht

schlecht. Sie ist eine Münze, die jemandem in den Sand gefallen ist, im Augenblick glänzt sie für niemanden; also kann ich sie aufheben und sie behalten, bis jemand sie zurückhaben will.

LÉONE Behalt sie, es will sie keiner zurückhaben.

ALBOURY Sie werden sagen, ich hätte dich gestohlen.

LÉONE Wenn du mich gestohlen hast, dann stehle jetzt ich dich, und wir bleiben mit unserer Beute hier im Versteck, du mit deiner, ich mit meiner.

ALBOURY Selbst wenn ich alles zusammentragen würde, was ich habe, hätte ich niemals genug, um dich zu kaufen. Selbst wenn ich meine Brüder fragen und bitten würde, alles zusammenzutragen, was sie haben, nein, nein, sie würden mir nichts leihen wollen, weil ich dich ihnen nicht zeigen könnte.

LÉONE Wieso bezahlen? Es gibt überhaupt nichts zu bezahlen. Es ist alles ganz umsonst.

ALBOURY Der alte Mann hat mir gesagt, du gehörst ihm.

LÉONE Schnuck, also Schnuck stört dich? Ach Gott! Er würde keiner Fliege was zuleide tun, der arme Schnuck: lass mich machen, ich bringe alles in Ordnung. Was glaubst du, bin ich für ihn? Ein bisschen Gesellschaft, eine kleine Laune, weil er Geld hat und nichts damit anfangen kann. Und ich, wo ich kein Geld habe, ist es für mich nicht ein Riesenglück, dass ich ihm begegnet bin? Bin ich nicht ein Luder, dass ich soviel Glück habe? Meine Mutter, oh, die würde große Augen machen, wenn sie das wüsste. Sie hätte mir gesagt: »Du durchtriebenes Stück, so ein Glück haben sonst nur Schauspielerinnen und Prostituierte.« Dabei bin ich doch weder das eine noch das andere, und trotzdem ist es mir passiert! Und als er mir vorgeschlagen hat, zu ihm nach Afrika zu kommen, also, da habe ich gesagt, ich bin bereit. »Du verkörperst den Teufel, Schelmin!« Schnuck ist so alt, so nett, er verlangt nichts, weißt du. Deswegen mag ich alte Leute, und meistens mögen sie mich auch. Sie lächeln mir oft auf der Straße zu, bei ihnen fühle ich mich wohl, ich fühle mich ihnen nahe, ich spüre ihre Schwingungen; spürst du bei alten Leuten die Schwingungen, Alboury? Manchmal möchte ich selber ganz schnell alt und nett sein. Man könnte stundenlang plaudern, ohne noch irgendwas von jemandem zu erwarten, ohne etwas zu wollen, ohne vor etwas Angst zu haben, ohne Schlechtes über jemanden zu reden, weit weg von aller Grausamkeit und allem Unglück. Alboury, o, warum sind die Menschen so hart?

Aber ich schwöre dir: wenn die in Paris wüssten, was hier passiert, wenn alle es mit eigenen Augen sehen könnten, wenn man es ihnen sagen könnte, den andern: was für eine Wut, Alboury, was für eine Wut hätten wir alle! Ich schwörs dir: alle hätten Angst davor, Weiße zu sein, wegen dem, was in Afrika passiert. Aber ich, Alboury, was kann ich machen außer bei dir bleiben? Und ich werde bei dir bleiben. Aber warum machst du immer noch dein trauriges Gesicht?

ALBOURY Das ist das Geschenk der Frauen an die Männer, die sie berühren: sie schauen einen an und denken an einen anderen.

LÉONE Ich denke an niemanden. *Leises Knacken eines Astes.* Wie ruhig alles ist, wie still!

Äste knacken, undeutliche Rufe in der Ferne.

ALBOURY Sie werden uns finden, wenn wir hier bleiben.
LÉONE Aber wo sollen wir hin? Hier geht es uns so gut.
ALBOURY Dir ja, mir nicht. Das hier ist ein Ort der Weißen.
LÉONE Nur noch ein bisschen, nur eine Minute. Mir tun die Füße weh. Diese Schuhe sind furchtbar: sie schneiden einem in die Knöchel und in die Zehen. Ist das nicht Blut? Schau dir das an: ein richtiger Dreck, drei popelige Stückchen Leder, die einem die Füße kaputtmachen, und für so einen Dreck zahlst du ein Heidengeld, uij! Oh, damit traue ich mich nicht, kilometerweit zu laufen.
ALBOURY Geh barfuß.
LÉONE Noch eine Minute; ich bin halb tot.
ALBOURY Ich werde dich tragen.
LÉONE Noch eine Sekunde, ich bitte dich nur um eine kleine Sekunde. Ich habe keine Angst vor ihnen, ich bin ein freier Mensch.
ALBOURY Schade, dann habe ich dich so lange behalten, wie ich konnte.

Sie küssen sich. Dröhnen des Lieferwagens, ganz in der Nähe.

LÉONE Er kommt.

ALBOURY Es ist der Weiße.
LÉONE Er sucht uns.
ALBOURY Er sucht mich.
LÉONE Er wird dir nichts tun.
ALBOURY Er wird mich töten.
LÉONE Nein!

Sie kauern sich zusammen und verstecken sich: man hört, wie der Lieferwagen anhält. Das Licht der Scheinwerfer fällt auf den Boden.

XII

Cal, mit einem Gewehr in der Hand, über und über mit schwärzlichem Dreck beschmiert.

HORN *kommt aus dem Dunkel* Cal!
CAL Boss? *Er lacht und läuft auf ihn zu.* Ah, Boss, was bin ich froh, dass du da bist!
HORN *schneidet eine Grimasse* Wo kommst du denn her?
CAL Aus der Scheiße, Boss.
HORN Großer Gott, komm mir nicht zu nahe, sonst kotze ich.
CAL Du hast mir gesagt Boss, ich soll zusehn, dass ich ihn finde.
HORN Und? Hast du ihn gefunden?
CAL Nichts, Boss, nichts. *Er weint.*
HORN Für nichts und wieder nichts bist du in die Scheiße? *Er lacht.* Großer Gott, so ein Trottel!
CAL Mach dich nicht lustig, Boss. Es war deine Idee, und ich kann wie immer zusehn, wo ich bleibe. Es war deine Idee, deinetwegen hab ich mir Tetanus geholt.

HORN Los, wir fahren zurück. Du bist stockbesoffen.

CAL Nein, Boss, ich will ihn finden, ich muss ihn finden.

HORN Ihn finden? Zu spät, du Trottel. Er treibt weiß Gott wo in irgendeinem Fluss. Und gleich fängts an zu regnen. Zu spät. *Er geht auf den Lieferwagen zu.* Wie da wohl die Sitze aussehen! Großer Gott, wie das stinkt.

CAL *packt ihn am Kragen* Du bist der Boss, Chef, du bist der Boss. Du musst mir jetzt sagen, was ich machen soll. Halt mich gut fest. Ich kann nicht schwimmen, Chef, ich ersaufe. Und pass auf, du Arschloch, mach dich nicht über mich lustig.

HORN Behalt die Nerven, reg dich nicht auf! Komm, Cal, du weißt genau, ich mach mich nicht über dich lustig, nicht die Spur. *Cal lässt ihn los.* Was ist dir passiert? Du musst dich desinfizieren.

CAL Schau wie ich schwitze. Scheiße, schau dir das an, das wird und wird nicht trocken. Hast du ein Bier für mich? *Er weint.* Hast du nicht ein Glas Milch? Ich habe so Lust auf Milch, Chef.

HORN Beruhige dich, wir fahren zurück in die Siedlung; du musst dich waschen, es fängt gleich an zu regnen.

CAL Also kann ich ihn jetzt umlegen, ha, kann ich ihn umlegen?

HORN Red nicht so laut, Herrgott!

CAL Horn?

HORN Was?

CAL Bin ich ein Arschloch, Chef?

HORN Was redest du für Quatsch? *Cal weint.* Cal, mein Kleiner!

CAL Auf einmal hab ich Toubab vor mir gesehen, wie er mich mit seinen kleinen nachdenklichen Augen anstarrt. Toubab, mein kleiner Hund! Ich sage: was hast du da zu träumen, worüber denkst du nach? Er knurrt, ihm sträubt sich das Fell, er läuft langsam den Abzugsgraben entlang; ich bin hinter ihm her. Toubab, mein kleiner Hund, worüber denkst du nach? Hast du jemanden gewittert? Ihm sträubt sich das Fell, er bellt, ein, zwei Mal und springt in den Graben; ich sage mir: er hat jemanden gewittert. Ich bin ihm hinterher. Aber ich hab nichts gefunden, Boss; nur Scheiße. Genau da hatte ich ihn reingeschmissen, aber er muss fortgetrieben sein. Ich kann nicht alle Flüsse in der Gegend und den ganzen See nach dieser Leiche absuchen, Boss. Toubab ist jetzt auch noch weg. Ich bin wieder allein, und ich bin ganz voll Scheiße. Horn!

HORN Was?

CAL Warum werde ich bestraft, Chef; was hab ich denn Böses getan?

HORN Du hast getan, was du tun musstest.

CAL Ich kann ihn also umlegen, Chef, soll ich das?

HORN Herrgott, schrei nicht so, oder sollen sie dich bis ins Dorf hören?

CAL *beginnt sein Gewehr zu laden* Der Platz ist ideal. Keiner sieht was. Keiner will was, keiner kommt, um zu plärren. Hier liegst du schön unterm Farn, du kleines Arschloch. Hier kannst du dich abmelden. Jetzt hab ich wieder Mumm in den Knochen, Chef, jetzt bin ich scharf. *Er fängt an zu schnuppern.*

HORN Gib mir das Gewehr. *Er versucht, es ihm zu entreißen; Cal wehrt sich.*

CAL Pass auf, Chef, pass auf. In Karate bin ich vielleicht schwach, vielleicht bin ich schwach mit dem Messer, aber mit dem Gewehr bin ich Spitze! Absolute Spitze. Sogar mit dem Revolver oder mit der Maschinenpistole, mit so was, da kannst du dich abmelden.

HORN Willst du das ganze Dorf am Hals haben? Willst du die Polizei da reinziehen? Hast du noch nicht genug Scheiße gebaut? *Leise.* Hast du Vertrauen zu mir? Hast du Vertrauen oder nicht? Dann überlass das mir. Behalt die Nerven, Junge. Kühl muss man die Dinge angehen. Bevor es Tag wird, ist die Sache erledigt, glaubs mir. Ich mag kein Blut, Junge. Ich mags nicht; ich hab mich nie daran gewöhnt, nie; es macht mich fertig. Ich werde noch einmal mit ihm reden, und diesmal krieg ich ihn, glaubs mir. Ich habe da meine eigenen Mittel. Wozu war ich in Afrika die ganzen Jahre, wenn ich sie nicht besser kenne als du, wenn ich sie nicht in- und auswendig kenne, wenn ich nicht meine Mittel habe, gegen die sie nicht ankommen, ha? Wozu erst Blut vergießen, wenn sich die Dinge von selbst erledigen?

CAL *schnuppert* Hier riechts nach Frau, es riecht nach Neger, es riecht nach hungrigem Farn. Er ist da, Boss, riechst dus nicht?

HORN Jetzt spiel dich nicht auf.

CAL Hörst dus nicht, Boss? *In der Ferne Gebell.* Ist er das? Ja, das ist er, Toubab! Komm her, mein kleiner Hund, komm her und lauf nie wieder weg, komm, lass dich streicheln, mein Hündchen, komm, lass dich ficken, kleines Miststück. *Er weint.* Ich hab ihn so gern, Horn. Horn, warum werde ich bestraft, warum bin ich ein Schwein?

HORN Du bist kein Schwein.

CAL Aber du bist ein Arschloch, ein verdammtes Arschloch, Boss. Klar bin ich eins. Außerdem hab ich beschlossen, ich will eins sein. Ich bin einer, der zupackt. Du, du quatschst, außer quatschen kannst du nichts. Und was machst du, ha, wenn er nicht auf dich hört, ha, wenn deine kleinen geheimen Mittel nicht funktionieren, ha? Sie werden nicht funktionieren, verdammt nochmal, und zum Glück bin ich ein Schwein, zum Glück gibts dann so Schweine wie mich, zum Zupacken. Zupacken, das können sie nicht, die verdammten Arschlöcher. Einen Boubou leg ich dir um, wenn er auf mich spuckt, und ich habe recht, verdammte Scheiße, und nur mir hast du es zu verdanken, dass sie nicht auf dich spucken, und nicht deswegen, weil du quatschst, weil du quatschst und weil du ein Arschloch bist. Ich knall ihn ab, wenn er spuckt, und du kannst froh sein, denn zwei Zentimeter weiter, und es hätte unseren Fuß getroffen, zehn Zentimeter höher die Hose und noch ein bisschen höher, dann hätten wirs in der Fresse gehabt. Was hättest du dann gemacht, ha, wenn ich nichts gemacht hätte? Du hättest gequatscht, gequatscht, gequatscht, mit seiner Spucke mitten in der Fresse. Du verdammtes Arschloch. Denn hier spucken

sie die ganze Zeit, und was tust du? Du tust, als würdest du es nicht sehen! Sie machen ein Auge auf und spucken, machen das zweite Auge auf und spucken, spucken, wenn sie gehen, wenn sie essen, wenn sie trinken, im Sitzen, im Liegen, im Stehen, im Hocken; bei jedem Bissen, bei jedem Schluck, zu jeder Minute am Tag. Bald ist der Sand auf dem Platz und auf den Straßen zu damit, es dringt nach innen, es wird zu Schlamm, und wenn wir drübergehen, versacken unsere armen Stiefel. Und woraus besteht Spucke? Wer weiß das? Aus Flüssigkeit, klar, wie der menschliche Körper, zu neunzig Prozent. Aber woraus noch? Woraus sind die restlichen zehn Prozent? Wer kann mir das sagen? Du vielleicht? Boubouspucke, das ist eine Gefahr für uns.
Wenn man die Spucke aller Neger aller Stämme in ganz Afrika von einem einzigen Tag zusammennimmt, wenn man Gräben aushebt, wo sie reinspucken müssten, Kanäle anlegt, Deiche, Schleusen, Dämme, Aquädukte, wenn man alle Bäche der Spucke zusammennimmt, die von der schwarzen Rasse auf dem ganzen Erdteil gespuckt wird, und zwar gespuckt wird gegen uns, dann wäre schließlich der überschwemmte Boden der ganzen Erde für uns bedeckt mit einem Meer der Gefahr; es gäbe nichts anderes mehr, nur noch Meere aus Salzwasser und Meere aus vermengter Spucke, und oben schwimmen nur die Neger, auf ihrem eigenen Element. So weit lasse ich es nicht kommen, ich bin fürs Zupacken, ich bin ein Mann. Wenn du ausgequatscht hast, Chef, wenn du fertig bist Horn...

HORN Lass es mich zuerst versuchen. Wenn ich es ihm nicht klarmachen kann...
CAL Ah, ah, Boss.
HORN Beruhige dich erst mal; krieg erst mal deine Weibernerven zur Ruhe, Herrgott!
CAL Ah, ah, Boss!
HORN Cal, mein Kleiner...
CAL Halts Maul! *In der Ferne Gebell. Cal rennt plötzlich weg.*
HORN Komm zurück, das ist ein Befehl; komm zurück!

Geräusch des startenden Lieferwagens. Horn bleibt zurück.

XIII
Äste knacken. Horn schaltet eine Taschenlampe ein.

ALBOURY *im Schatten* Schalten Sie aus!
HORN Alboury? *Stille.* Kommen Sie. Zeigen Sie sich.
ALBOURY Schalten sie Ihre Lampe aus.
HORN *lacht* Sie sind aber nervös! *Er schaltet die Lampe einen Augenblick lang aus.* Sie haben eine Stimme, da wird einem angst und bange.
ALBOURY Zeigen Sie, was Sie da hinter dem Rücken verstecken.
HORN Ah, ah, hinter meinem Rücken, was wohl? Gewehr oder Revolver? Raten Sie das Kaliber. *Er holt hinter seinem Rücken zwei Whiskeyflaschen hervor.* Ah ah! Da sehen Sie, was ich verstecke.

Zweifeln Sie noch immer an meinen Absichten? *Er lacht, schaltet die Lampe wieder ein.* Kommen Sie, seien Sie locker. Ich wollte unbedingt, dass Sie die probieren, es sind meine besten. Geben Sie zu, dass jeder Schritt von mir ausgegangen ist, Monsieur Alboury; vergessen Sie das nicht, wenn wir noch einmal alles ins Auge fassen. Sie wollen nicht auf mich zugehen, also gehe ich auf Sie zu. Und – glauben Sie mir – ich tue es aus Freundschaft, aus reiner Freundschaft. Was soll ich sagen: Sie haben es geschafft, mich zu verunsichern, ich meine, mich zu interessieren. *Er zeigt auf den Whiskey.* Das wird sie zwingen, mir gegenüber ein bisschen aus sich herauszugehen... Ich habe die Gläser vergessen, ich hoffe, Sie sind kein Snob. Außerdem ist Whiskey viel besser aus der Flasche, da behält er sein Aroma, daran erkennt man den Trinker; ich will Ihnen das Trinken beibringen. *Leise.* Haben Sie kein reines Gewissen, Monsieur Alboury?

ALBOURY Warum?

HORN Ich weiß es nicht. Sei schauen sich ständig nach allen Seiten um.

ALBOURY Der andere Weiße sucht mich. Er hat ein Gewehr.

HORN Ich weiß, ich weiß, ich weiß! Warum glauben Sie, bin ich da? Wenn ich da bin, wird er nichts tun. Tja, ich hoffe, es macht Ihnen nichts aus, mit mir aus einer Flasche zu trinken? *Alboury trinkt.* Bravo! Jedenfalls sind Sie kein Snob. *Horn trinkt.* Lassen Sie ihm Zeit, bis er richtig unten ist; erst nach einer Weile gibt er sein Geheimnis preis. *Sie trinken.* Ich habe also gehört,

Sie sind ein As in Karate; sind Sie wirklich ein As?

ALBOURY Das kommt darauf an, was das heißt, ein As.

HORN Sie wollen mir nichts sagen! Aber ich möchte schon ein, zwei Griffe lernen, wenn wir mal Zeit haben. Trotzdem sage ich Ihnen lieber gleich, dass ich den asiatischen Techniken nicht traue. Das gute alte Boxen! Haben Sie das schon mal gemacht, klassisch geboxt?

ALBOURY Klassisch? Nein.

HORN Wie wollen Sie sich dann verteidigen? Ich werde Ihnen dieser Tage mal ein, zwei Schläge beibringen. Ich war sehr gut, ich war sogar Profi, als ich jung war, und das ist eine Kunst, die man nie vergisst. *Leise.* Beruhigen Sie sich, keine Sorge. Sie sind hier bei mir; und mir ist die Gastfreundschaft heilig. Außerdem sind Sie hier praktisch auf französischem Gebiet. Sie haben also nichts zu befürchten. *Sie gehen zur zweiten Flasche über.* Ich bin neugierig, welchen Sie lieber mögen! Das sagt einem viel über den Charakter. *Sie trinken.* Der hier ist ganz klar, ganz klar rauh, merken Sie, wie er sticht? Und der andere ist ganz klar der runde. Wie kleine Kügelchen, wie Tausende von kleinen Metallkügelchen, nicht? Wie empfinden Sie ihn? Ah, keine Frage, der hier ist der Rauhe, wenn man nachschmeckt, spürt man so was wie Gräten, von oben bis unten, überall Gräten, so ein leichtes Reiben im Mund, nicht wahr? Nun?

ALBOURY Ich spüre weder Kügelchen noch Stechen noch Gräten.

HORN Ach wirklich? Dabei ist es ganz eindeutig. Probieren Sie ihn nochmal. Vielleicht haben Sie Angst, Sie werden besoffen?

ALBOURY Ich werde vorher aufhören.

HORN Sehr gut, gut, ausgezeichnet, bravo.

ALBOURY Warum sind Sie hergekommen?

HORN Um Sie zu sehen.

ALBOURY Warum wollen Sie mich sehen?

HORN Sie anschauen, plaudern, die Zeit totschlagen. Aus Freundschaft, aus reiner Freundschaft. Und aus vielen anderen Gründen. Ist Ihnen meine Anwesenheit lästig? Dabei haben sie mir doch gesagt, Sie lernen gern dazu, oder?

ALBOURY Von Ihnen habe ich nichts zu lernen.

HORN Bravo, wie wahr! Ich habs mir schon gedacht, dass Sie sich über mich lustig machen.

ALBOURY Das einzige, was ich, ohne dass Sie es wollten, von Ihnen gelernt habe, ist, dass in Ihrem Kopf und in all Ihren Taschen nicht genug Platz ist für all Ihre Lügen, zuletzt sieht man sie doch.

HORN Bravo, aber das ist jetzt wirklich nicht wahr. Machen Sie den Versuch: fragen Sie mich irgend etwas; um Ihnen zu beweisen, dass ich Sie nicht belüge.

ALBOURY Geben Sie mir eine Waffe.

HORN Alles, nur keine Waffe. Ah nein, Ihr dreht noch alle durch mit Euren Schießgewehren.

ALBOURY Er hat eins.

HORN Sein Pech. Es reicht mit diesem Dummkopf. Er landet im Knast, und das ist gut so. Ich wäre froh, wenn ich ihn los bin. Ich sag es Ihnen besser gleich, Alboury: er hat mir das alles eingebrockt;

schaffen Sie ihn mir vom Hals, und ich rühre keinen Finger! Auch Sie, Alboury, sagen Sie es mir besser gleich. Was bezwecken Ihre Vorgesetzten?

ALBOURY Ich habe keinen Vorgesetzten.

HORN Aber warum behaupten Sie dann, sie wären von der Geheimpolizei?

ALBOURY Dommi xaraam!

HORN Oh, Sie spielen lieber weiter Verstecken? Ganz wie Sie wollen.

Alboury spuckt auf den Boden.

HORN Werden Sie deshalb nicht ungehalten.

ALBOURY Wie soll ein Mensch sich auskennen in all Ihren Worten und Ihren Verrätereien?

HORN Alboury, wenn ich Ihnen sage, machen Sie mit ihm, was Sie wollen, ich decke ihn nicht mehr, dann ist das nicht gelogen, glauben Sie mir; ich spiele mit offenen Karten.

ALBOURY Es ist Verrat.

HORN Verrat? Wer verrät hier was? Wovon sprechen sie?

ALBOURY Von Ihrem Bruder.

HORN Ach nein, bitte nicht diese afrikanischen Wörter! Was dieser Mann tut, ist nicht meine Angelegenheit; sein Leben geht mich nicht das mindeste an.

ALBOURY Und doch sind Sie beide von der gleichen Rasse, oder? Von der gleichen Sprache, vom gleichen Stamm, nicht wahr?

HORN Vom gleichen Stamm, wenn Sie so wollen, ja.

ALBOURY Sie beide sind hier die Herren, oder?

Herr darüber, ob Baustellen aufgemacht oder zugemacht werden, ohne dass man Sie dafür bestraft? Herr darüber, Arbeiter einzustellen oder zu entlassen? Herr darüber, die Maschinen abzuschalten oder einzuschalten? Sie beide besitzen die Lastwagen und die Maschinen, die Backsteinhütten und den elektrischen Strom? Alles hier gehört Ihnen beiden, nicht wahr?

HORN Ja, wenn Sie so wollen, von Ihnen aus, im großen und ganzen, ja; und?

ALBOURY Warum haben Sie dann Angst vor dem Wort Bruder?

HORN Weil sich die Welt in den letzten zwanzig Jahren verändert hat, Alboury. Und was sich in der Welt verändert hat, das ist der Unterschied zwischen ihm und mir, zwischen einem mordenden, wildgewordenen, raffgierigen Irren und einem Mann, der mit einer ganz anderen Einstellung hierher gekommen ist.

ALBOURY Ich weiß nicht, was Ihre Einstellung ist.

HORN Alboury, ich bin selbst Arbeiter gewesen, glauben Sie mir, ich bin kein Boss von Natur. Als ich hergekommen bin, da hab ich gewusst, was es heißt, Arbeiter zu sein. Und deshalb habe ich meine Arbeiter, egal ob schwarz oder weiß, immer so behandelt, wie ich selbst als Arbeiter behandelt worden bin. Die Einstellung, von der ich spreche, beseht darin: ich weiß, wenn man einen Arbeiter wie ein Tier behandelt, wird er sich rächen wie ein Tier. Das ist der Unterschied. Und was das andere angeht, werden Sie die Tatsache, dass der Arbeiter hier wie überall sonst unglücklich ist, nicht mir vorwerfen wollen; das ist seine

Lage, und ich, verdammt noch eins, kann dafür gar nichts. Ich habe sie am eigenen Leib erfahren und mein Brot damit verdient. Glauben Sie vielleicht, ein einziger Arbeiter auf der ganzen Welt kann sagen: ich bin glücklich? Glauben sie, dass ein einziger Mensch auf der Welt je sagen wird: ich bin glücklich?

ALBOURY Was liegt den Arbeitern an den Gefühlen der Chefs und den Schwarzen an den Gefühlen der Weißen?

HORN Sie sind ein Starrkopf, Alboury, das merk ich genau. Für Sie bin ich kein Mensch; was ich auch sage und was ich auch tue, ich kann mir ausdenken, was ich will, selbst wenn ich Ihnen mein Herz öffne, Sie sehen in mir immer nur einen Weißen und einen Boss. *Nach einer Weile.* Warum auch nicht; zusammen trinken können wir trotzdem. *Sie trinken.* Seltsam. Ich habe das Gefühl, Sie denken an was ganz anderes; als würde jemand hinter Ihnen stehen. Sie sind so abgelenkt! Nein, nein, sagen Sie nichts, ich will nichts wissen. Trinken Sie; sind Sie schon besoffen?

ALBOURY Nein.

HORN Sehr gut, bravo! *Leise.* Ich habe eine Bitte an Sie, Alboury. Sagen Sie ihr nichts, sagen Sie ihr nicht, warum Sie hergekommen sind, sprechen sie mit ihr nicht von Toten und so ekligen Dingen, setzen Sie ihr nichts in den Kopf, sagen Sie ihr nichts, weswegen sie weglaufen könnte! Ich hoffe, es ist nicht schon passiert. Ich hätte sie vielleicht nicht mitbringen sollen, ich weiß; aber es hat mich erwischt; so ist es nun mal. Ich weiß, es ist eine Torheit, aber es hat mich wirklich erwischt, und jetzt darf man ihr keine Angst machen. Ich brauche sie, ich brauche es, dass ich sie in meiner Nähe spüre. Ich kenne sie kaum, ich weiß nicht, was sie will, ich lasse ihr ihre Freiheit. Es reicht mir, wenn ich sie in meiner Nähe habe, mehr verlange ich gar nicht. Verjagen Sie sie nicht. *Er lacht.* Was wollen Sie, Alboury? Ich will nicht enden wie ein alter Trottel, ganz allein. *Er trinkt.* Ich habe in meinem Leben eine Menge Tote gesehen, eine Menge. Und oft die Augen, an den Toten. Und jedes Mal, wenn ich die Augen eines Toten sehe, sage ich mir, man muss sich ganz ganz schnell alles leisten, was man sehen will; alles Geld soll man möglichst schnell ausgeben dafür. Was soll man sonst anfangen mit seinem Geld? Ich habe keine Familie. *Sie trinken.* Das geht runter, was? Sie sehen nicht so aus, als nähmen Sie sich in acht vor dem Alkohol, das gefällt mir. Sind Sie noch nicht besoffen? Sie sind zäh. Lassen Sie mal sehen. *Er nimmt Albourys linke Hand.* Warum lassen Sie sich den Fingernagel so lang wachsen, und warum gerade den da? *Er schaut auf den Nagel des kleinen Fingers.* Ist es was Religiöses? Ein Geheimnis? Seit einer Stunde überlege ich schon an diesem Fingernagel. *Er betastet ihn.* Das ist bestimmt eine schreckliche Waffe, wenn man damit umgehen kann, ein teuflischer kleiner Dolch. *Leiser.* Vielleicht brauchen Sie ihn bei der Liebe? Ah, mein armer Alboury, wenn sie sich auch vor den Frauen nicht in acht nehmen, dann sind Sie verloren! *Er schaut ihn an.* Aber Sie sagen nichts, Sie behalten Ihre kleinen Geheimnisse für sich. Ich bin sicher, im Grunde machen Sie sich über mich lustig, schon von Anfang an. *Plötzlich holt er einen Packen Geldscheine aus der Hosentasche und reicht ihn Alboury.* Es sind fünfhundert Dollar; das ist das Höchste, was ich geben kann.

ALBOURY Sie haben mir die Leiche Nouofias versprochen.

HORN Die Leiche, ja, die verdammte Leiche! Reden wir nicht mehr davon, ha? Nouofia, genau. Er hatte einen geheimen Namen, sagten Sie. Wie war dieser Name nochmal?

ALBOURY Es ist für uns alle der gleiche.

HORN Das macht mich sehr viel klüger. Wie heißt er?

ALBOURY Für uns alle der gleiche; anders wird er nicht genannt; er ist geheim.

HORN Sie sind zu dunkel für mich. Ich bin für klare Verhältnisse. Los, nehmen Sie. *Er hält ihm das Geld hin.*

ALBOURY Das ist es nicht, was ich von Ihnen erwarte.

HORN Wir wollen doch nicht übertreiben, Monsieur. Ein Arbeiter ist umgekommen, zugegeben, das ist schlimm, zugegeben, ich will das nicht bagatellisieren, alles andere als das. Aber so was kommt überall und ständig vor. Glauben Sie, in Frankreich kommen keine Arbeiter um? Es ist schlimm, aber es ist normal! Es gehört zur Arbeit dazu. Wärs nicht er gewesen, dann eben ein anderer. Was glauben Sie? Die Arbeit hier ist gefährlich. Wir alle leben mit einem bestimmten Risiko, es ist übrigens nicht übertrieben hoch, es hat sich hier im Rahmen gehalten, wir haben das

Konto nicht überzogen. Seien wir doch ehrlich! Die Arbeit hat ihren Preis, was wollen Sie? Jede Gesellschaft opfert ihr einen Teil von sich, jeder Mensch opfert ihr einen Teil von sich. Sie werden schon sehen. Glauben Sie, ich hätte nichts geopfert? Das ist der Lauf der Dinge. Trotzdem geht das Leben weiter, die Erde dreht sich, daran werden auch Sie nichts ändern, oder? Seien Sie nicht naiv, mein guter Alboury, seien Sie traurig, ja das kann ich verstehen, aber nicht naiv. *Er hält ihm das Geld hin.* Da, nehmen Sie!

Alboury geht drohend auf ihn zu. Horn weicht zurück. Léone kommt.

XIV

Immer häufiger Blitze.

HORN Léone, ich habe Sie gesucht. Es fängt gleich an zu regnen, und Sie haben keine Ahnung, was hier Regen heißt. Einen Moment noch, dann fahren wir zurück. *Leise zu Alboury.* Sie sind einfach zu kompliziert für mich, Alboury. Ihre Gedanken sind verworren, dunkel, unergründlich; wie ihr Busch, wie Ihr ganzes Afrika. Ich frage mich, warum ich es so sehr geliebt habe, ich frage mich, warum ich Sie unbedingt retten wollte. Es ist, als würden hier alle durchdrehen.

LÉONE *zu Horn* Warum quälen Sie ihn? *Horn schaut sie an.* Geben Sie ihm, was er von Ihnen verlangt. Geben Sie ihm den Leichnam dieses Mannes.

HORN Léone! *Er lacht.* Großer Gott, wie bombastisch wird das alles! *Zu Alboury.* Also hören Sie, die Leiche dieses Arbeiters ist unauffindbar; sie treibt irgendwo, weit weg, und wahrscheinlich haben die Fische und die Sperber sie schon längst gefressen. Lassen Sie es sich gesagt sein, die kriegen Sie nicht wieder. *Zu Léone.* Gleich fängt es an zu regnen, Léone, kommen Sie.

Léone geht zu Alboury.

ALBOURY Geben Sie mir eine Waffe.
HORN Nein, Herrgott, nein. Hier wird es kein Gemetzel geben. *Nach einer Weile.* Seien wir doch vernünftig. Léone, kommen Sie. Alboury, nimm das Geld und verschwinde, bevor es zu spät ist.
ALBOURY Wenn ich Nouofia für immer verloren habe, dann will ich den Tod seines Mörders.
HORN Der Blitz, der Donner, mein Junge; mach das mit dem Himmel ab und verschwinde, verschwinde, diesmal hau ab. Léone, hierher!

Léone zieht Alboury zur Seite.

XV

LÉONE *leise* Geh drauf ein, Alboury, geh drauf ein. Er bietet dir sogar Geld, im Guten, Geld, was brauchst du mehr? Er ist hergekommen, um die Sache in Ordnung zu bringen, das steht fest; also, man muss die Sache in Ordnung bringen, weil es möglich ist. Wozu noch kämpfen für etwas, das keinen Sinn mehr hat, wenn man dir anbietet, alles im Guten zu regeln, und noch Geld dazu? Der Verrückte ist der andere, wir brauchen nur aufzupassen, zu dritt werden wir es schon schaffen, dass er niemandem auf die Nerven geht, dass er keinen Schaden anrichtet. Und dann läuft alles wie am Schnürchen.

Bei ihm ist es etwas völlig anderes; er ist hergekommen, um im Guten mit dir zu reden, aber du, du sagst nein, du ballst die Fäuste, du bleibst stur, huh! Ich habe noch nie so was Stures erlebt. Und du glaubst, so erreichst du was? Mein Gott, er weiß nicht, wie er es anfängt, wirklich nicht. Ich wüsste schon, wie ich es anfange, du müsstest mich nur machen lassen. Bestimmt nicht mit geballten Fäusten, bestimmt nicht, indem ich auf Krieg und auf stur stelle, uijujujujui!

Wenn ich mit dir etwas erleben will, dann bestimmt nicht den Krieg, nein, ich will nicht kämpfen, ich will nicht die ganze Zeit zittern, ich will nicht unglücklich sein mit dir. Ich will leben, ganz einfach nur leben, in Ruhe, in einem kleinen Häuschen, wo du willst, bloß in Ruhe. Oh, ich will auch gern arm sein, das macht mir nichts aus, und von weit das Wasser holen und Früchte von den Bäumen pflücken und das ganze Drumherum; ich will auch gern von rein gar nichts leben, mit dir, aber ich will nicht töten und kämpfen und stur die Fäuste ballen, oh nein! Warum so hart?

Oder du magst mich nicht mehr, und ich bin nicht mal so viel wert wie ein Toter, der schon halb aufgefressen ist, er hats dir ja gesagt; ich bin das nicht wert? Alboury, ist es deshalb, weil ich das Pech habe, weiß zu sein? Dabei bin ich doch auf deiner Seite, du kannst dich in mir nicht täuschen, Alboury. Ich bin gar keine richtige Weiße, nein, es gibt falsche Weiße, Alboury, wie es falsche Neger gibt; hast du denn nicht gesehen, wie sie mich verachten? Wie sie mich behandeln? Wie ich immer schon behandelt worden bin? Oh, ich bin es schon so gewöhnt, als Frau, als Dienstmädchen, so allein, ich bin es schon so gewöhnt, das zu sein, was man nicht sein darf, es macht mir nichts aus, wenn ich auch zu alledem noch Neger bin. Und wenn es deswegen ist, wegen meiner weißen Haut, Alboury, da habe ich schon lang drauf gespuckt, ich habe sie weggeworfen, ich will sie nicht. Und wenn auch noch du mich nicht mehr willst... Schwarz, Farbe all meiner Träume, Farbe meiner Liebe! Ich schwöre es, wenn du nach Hause zurückkehrst, werde ich mit dir gehen; und wenn ich dich sagen höre: »Mein Haus!«, werde ich sagen, »mein Haus«; zu deinen Brüdern sage ich »Brüder«, zu deiner Mutter sage ich »Mutter«! Dein Dorf wird mein Dorf sein, deine Sprache meine Sprache, deine Erde wird meine Erde sein, und bis in deinen Schlaf, ich schwöre es, bis in deinen Tod werde ich dir folgen.

HORN *von weitem* Sie sehen ja, dass er nichts von Ihnen wissen will. Er hört Ihnen nicht einmal zu.

ALBOURY Demaale fale, domou xatt bi!

LÉONE *wendet sich zu Horn* Helfen Sie mir, helfen Sie mir.

HORN Was? Sie benehmen sich unter meinen Augen gegenüber diesem Kerl ohne jede Würde, und ich soll Ihnen auch noch dabei helfen? Glauben Sie, Sie können mich behandeln wie Scheißdreck, und es ist mir egal? Glauben Sie, ich bin nur gut, um zu zahlen; um zu zahlen und sonst nichts? Glauben Sie, man kann mich wie einen Scheißdreck behandeln? Morgen, Herrgott, morgen fliegen Sie zurück nach Paris.

LÉONE *leise* Habe ich plötzlich die Pest?

Alboury spuckt ihr ins Gesicht.

HORN *zieht eine Pistole aus der Tasche* Was dich betrifft, mein Kleiner, für deine Haut gebe ich nichts mehr. Du glaubst wohl, du bist hier zu Hause? Du glaubst, ich bin Scheiße? Du glaubst, wir sind alle Scheiße? Nein, mein Kleiner, nein; ich lasse dich abknallen wie einen ganz gewöhnlichen Strolch. Du hast Schwein, dass ich das Scheißblutvergießen nicht ausstehen kann. Aber dein großes Getue, das schmink dir ab, das sag ich dir, du wirst dich noch in den Arsch beißen. Du hast geglaubt, du kannst einfach so eine französische Frau anmachen, unter meinen Augen, auf französischem Gebiet, ohne dass du jetzt für die Folgen bezahlst? Hau ab! Sieh zu, wie du mit denen im Dorf klarkommst, wenn sie erfahren, dass du versucht hast, eine weiße Frau anzumachen, indem du uns erpresst. Sieh zu, wie du von hier wegkommst, ohne dem anderen über den Weg zu laufen, er wartet nur darauf, dich umzulegen. Hau ab. Verschwinde, und wenn du dich noch einmal in der Siedlung blicken lässt, dann wirst du abgeknallt, wenn es sein muss, von der

Polizei, wie ein ganz gemeiner Dieb. Ich habe mir die Hände nicht schmutzig gemacht, wenn du draufgehst.

Alboury ist verschwunden. Es beginnt zu regnen.

XVI

HORN Und Sie, Sie bitte ich, drehen Sie jetzt nicht durch, das fehlte noch. Nicht, nicht, nicht! Ich kann Tränen nicht haben, ich halts nicht aus. Hören Sie auf, ich bitte Sie, zeigen Sie ein bisschen Würde. Noch mal so ein Einfall, so ein grandioser Einfall, du Trottel! Hören Sie auf; hören Sie auf, hören Sie auf, bitte, wenigstens eine Spur von Würde! Hier hört man alles, das kleinste Geräusch hört man kilometerweit. Wir stehen sauber da, das sag ich Ihnen, ein schönes Bild geben Sie von uns ab, wenn Sie sich sehen könnten. Scht! Reißen Sie sich irgendwie zusammen, aber scht! Halten Sie ein bisschen die Luft an, machen Sie, was Sie wollen, nehmen Sie einen kräftigen Schluck, in einem Zug, beim Schluckauf hilft das ja auch, bloß hören Sie auf. Da, trinken sie. *Er wirft ihr die Flasche zu. Léone trinkt.* Mehr, nicht so sparsam, das gibt Ihnen ein bisschen Würde zurück, denn daran fehlts. Wo bleibt Cal mit seinem Scheiß-LKW? Cal! Herrgott! Also bitte! Wenn Sie glauben, dass dieser Kerl nicht irgendwo hier steckt und uns beobachtet, ha! Er schaut sich diese klägliche, unwürdige Szene an und reibt sich die Hände, ja. Was für ein Bild geben

Sie ab von den Weißen! Was habe ich da für eine grandiose Idee gehabt, Herrgott! Léone, ich flehe Sie an, machen Sie jetzt kein Drama, ich halte es nicht aus. *Er geht ziellos hin und her.* Diesmal fühle ich mich nicht wohl, ja, mir geht es nicht gut, mir geht es gar nicht gut. *Plötzlich bleibt er vor Léone stehen. Leise und sehr schnell.* Bitte, und wenn... wenn wir wegfahren von hier, ha? Wenn ich alles stehen und liegen lasse, würden Sie dann... *Er nimmt ihre Hand.* Lassen Sie... weinen Sie nicht mehr... lassen Sie mich nicht allein. Ich habe genug Geld, ich kann von heut auf morgen weg, und dann würde Cal alles übernehmen, und dann wären wir in zwei Tagen in Frankreich oder sonst wo, in der Schweiz oder in Italien, am Lago di Bolsena oder am Bodensee oder wo Sie wollen. Geld habe ich mehr als genug. Ihnen kann ich... Sagen Sie: Einverstanden. Lassen Sie mich nicht im Stich, es geht mir jetzt zu schlecht. Léone, ich möchte Sie heiraten, das wollten wir doch, oder? Sagen Sie: Einverstanden!

Léone hat sich wieder gefangen. Sie zerschlägt die Whiskeyflasche an einem Stein, schaut ins Dunkel, in dem Alboury verschwunden ist, und ritzt rasch, ohne einen Schrei, mit einem Glassplitter eine tiefe Kerbe, ähnlich dem Stammeszeichen auf Albourys Gesicht, in ihre Wangen.

HORN Cal! Großer Gott, Cal! Das blutet; das ist doch völlig sinnlos. Cal! Überall Blut!

Léone fällt in Ohnmacht. Horn läuft schreiend ins Licht der sich nähernden Scheinwerfer.

XVII

In der Siedlung, am Tisch. Cal putzt sein Gewehr.

CAL Solang das Licht an ist, kann ich nichts machen. Nichts. Die Posten würden es mitkriegen, sie wären Zeugen. Sie könnten zur Polizei laufen, und mit der Polizei will ich nichts zu tun haben. Oder sie könnten ins Dorf laufen, und ich will nicht das Dorf am Hals haben. Solang soviel Licht an ist, kann ich nichts machen.

HORN Die Posten werden nichts tun. Sie sind zu froh, dass sie den Job haben, auf sie ist Verlass, glaub mir. Und warum sollten sie zur Polizei oder ins Dorf? Um ihren Arbeitsplatz zu verlieren? Sie halten still, sie werden nichts sehen und nichts hören.

CAL Sie haben ihn schon mal reingelassen, und diesmal wieder. Da, hinter dem Baum, da ist er wieder, ich höre, wie er atmet. Den Posten traue ich nicht.

HORN Sie haben ihn nicht kommen sehen oder sie sind eingeschlafen. Man hört sie nicht mehr. Sie sind eingeschlafen; sie werden sich bestimmt nicht rühren.

CAL Eingeschlafen? Du musst blind sein, Chef. Ich sehe sie. Sie stehen mit dem Gesicht zu uns; sie schauen uns an. Sie haben die Augen halb zu, aber ich sehe ganz genau, sie schlafen nicht, sie schauen uns an. Gerade hat einer mit der Hand eine Stechmücke verscheucht; der kratzt sich am Bein, dort spuckt einer auf den Boden. Ich kann überhaupt nichts machen, wenn es so hell ist.

HORN *nach einer Weile* Es müsste so sein, dass der Generator eine Panne hat.

CAL So müsste es sein, ja; so muss es unbedingt sein. Sonst kann ich nichts machen.

HORN Nein, das Beste ist, wir warten ab bis morgen früh; dann schicken wir einen Funkspruch raus und den Lieferwagen in die Stadt. Ich mache jetzt die Mörser klar.

CAL Was?

HORN Die Rampen und die Leuchtkugeln: die Sachen für meine Feuerwerk.

CAL Aber es wird bald Tag, Horn! Sie hat sich sowieso im Bungalow eingesperrt, sie kommt bestimmt nicht raus, um es sich anzuschauen. Sie wollte sich nicht einmal verarzten lassen. Wenn sie Tetanus kriegt, dann haben wir sie am Hals. So eine komische Frau, jetzt hat sie ihr Leben lang die Narben. Dabei war sie doch so hübsch. Komisch. Und du... Wer soll denn dein Feuerwerk anschauen, Chef?

HORN Ich werde es anschauen; ich mache es für mich, ich habe es für mich gekauft.

CAL Und was mache ich? Bleiben wir zusammen, Chef, diesmal müssen wir ihn wirklich kriegen.

HORN Ich verlasse mich auf dich. Sei vorsichtig. Das ist alles.

CAL Bloß jetzt, wo ich wieder cool bin, habe ich keinen Schimmer, was ich machen soll.

HORN Eine schwarze Haut sieht doch aus wie die andere, oder? Das Dorf will eine Leiche, man muss ihnen eine geben; wir kriegen keine Ruhe, bis wir ihnen eine Leiche gegeben haben. Wenn wir weiter warten, bis sie uns gleich zwei Kerle schicken, ist nichts mehr zu machen.

CAL Aber sie werden sofort sehen, dass es nicht der Arbeiter ist. Sie kennen sich untereinander.

HORN Es ist möglich, dass man ihn nicht wiedererkennt. Wenn man seine Fresse nicht wiedererkennt, wer kann dann sagen, es ist der oder es ist ein anderer? Was du wiedererkennst, ist die Fresse, sonst gar nichts.

CAL *nach einer Weile* Ohne Gewehr kann ich nichts machen. Ich mag keine Schlägereien, und diese Schweine sind stark, mit ihrem Karate. Und mit dem Gewehr, Chef, siehst du den Einschuss, ein Loch in der Fresse, den Einschuss sehen die doch, und dann haben wir alle die Polizei am Hals.

HORN Also ist es das beste, wir warten bis morgen früh. Machen wir alles auf die saubere Art, mein Junge, das ist das Beste. Wir werden mit der Polizei reden und alles so gut regeln wie wir können, auf die saubere Art.

CAL Horn, Horn, ich höre ihn, da, wie er atmet. Was kann ich machen? Was soll ich machen? Ich habe keine Ahnung mehr. Lass mich nicht hängen!

HORN Ein LKW kann ihn überfahren. Wer kann sagen: es war ein Schuss oder es war der Blitz oder es war ein LKW? Ein Schuss, davon siehst du nichts mehr, wenn ein LKW drübergefahren ist.

CAL Also ich leg mich hin. Ich habe so einen Schädel.

HORN Idiot!

CAL *drohend* Nenn mich nicht Idiot, Horn, sag das nicht noch einmal.

HORN Cal, mein Junge, deine Nerven! *Nach einer Weile.* Ich meine, wenn wir den ins Dorf lassen, dann kommen sie zu zweit oder zu dritt wieder, und wie willst du mit zwei oder drei fertig werden? Oder aber wir bringen morgen seine Leiche ins Dorf und lassen ausrichten: Das ist der Mann, den gestern auf der Baustelle der Blitz getroffen hat, und da, schaut, ein LKW ist drübergefahren. Dann kommt alles wieder in Ordnung.

CAL Aber dann verlangen sie Rechenschaft für den da; sie werden fragen: Wo ist der abgeblieben?

HORN Der ist kein Arbeiter. Für den sind wir keine Rechenschaft schuldig. Nie gesehen. Wir wissen von nichts. Also?

CAL Kaltblütig, einfach so, das ist hart.

HORN Und wenn sie zu mehreren wiederkommen, und wenn die Posten dann jeden reinlassen, was machen wir dann? Ha?

CAL Ich weiß es nicht, ich weiß es nicht; sags mir, Chef.

HORN Besser den Fuchs erlegt als den Hühnern gepredigt.

CAL Ja, Chef.

HORN *leise* Schön sauber, mitten in die Fresse.

CAL Ja.

HORN Und Vorsicht, Vorsicht, Vorsicht.

CAL Ja, Boss, ja, Boss.

HORN Cal, mein Junge, ich habe beschlossen, ich bleibe nicht mal mehr, bis die Baustelle dicht macht.

CAL Boss!

HORN Ja, mein Junge, so ist das. Weißt du, ich habs satt; ich begreife Afrika nicht mehr. Bestimmt

braucht man andere Methoden, aber ich begreifs nicht mehr.
Wenn du dann alles auflösen musst, Cal, Herrgott, hör mir gut zu: Verheimliche nichts vor der Geschäftsleitung, mach nicht deine krummen Touren, erzähle alles, zieh sie auf deine Seite. Sie haben für alles Verständnis, für alles; sie können alles in Ordnung bringen, alles. Auch die Polizei, du kennst sie nicht, sie soll sich an die Firma wenden. Die Leitung deiner Firma ist das einzige, was für dich zählt, merk dir das immer.

CAL Ja, Boss.

HORN In zwei Stunden ist es Tag; ich fange mit dem Feuerwerk an.

CAL Und die Frau, Chef?

HORN Sie fährt gleich mit dem Lieferwagen. Ich will nichts mehr davon hören. Es hat sie nie gegeben. Wir sind ganz allein. Ade.

CAL Horn?

HORN Was?

CAL Es ist zu hell, viel zu hell.

Horn blickt hoch zu den Wachtürmen und zu den Posten, die sich nicht rühren.

XVIII

Vor der halboffenen Tür des Bungalows.

HORN In ein paar Stunden fährt ein Lieferwagen mit Unterlagen in die Stadt. Er wird hupen. Dann müssen Sie fertig sein. Es ist ein sehr guter Fahrer. Vorher wäre es gefährlich, herauszukommen. Schließen Sie sich in Ihrem Zimmer ein und rühren Sie sich nicht, egal, was Sie hören, bis der Lieferwagen hupt. Wenn Sie fahren, bin ich schon bei der Arbeit. Also adieu. Sobald Sie zurück sind, gehen Sie zu einem Arzt; ich hoffe, er flickt Ihnen das wieder zusammen. Ja, vielleicht kriegt ein guter Arzt Sie soweit hin, dass Sie sich wieder sehen lassen können, vielleicht kann er das flicken.
Und ich bitte Sie auch, erzählen Sie nicht allzuviel, wenn Sie heimkommen. Denken Sie, was Sie wollen, aber schädigen Sie nicht die Firma. Sie hat Ihnen trotz allem Gastfreundschaft gewährt, vergessen Sie das nicht, schädigen Sie sie nicht. Sie ist in keiner Weise verantwortlich für das, was Ihnen passiert ist. Tun Sie mir bitte diesen... diesen Gefallen. Ich habe ihr alles gegeben, alles, und sie ist alles für mich. Alles. Denken Sie von mir, was Sie wollen, aber schädigen Sie nicht die Firma; denn dann wäre es meine Schuld, ja, ganz allein meine.
Diesen Gefallen können Sie mir tun, denn Sie fliegen mit einem Ticket zurück, das mit meinem Geld bezahlt ist. Sie haben den Herflug angenommen, also müssen Sie auch den Rückflug annehmen. Also dann...

Adieu, ich werde Sie nicht wiedersehen; wir werden uns nicht wiedersehen. Nein. *Er geht.*

Léone erscheint mit ihren Koffern auf der Türschwelle. Ihr Gesicht blutet noch. Plötzlich geht für einige Sekunden das Licht aus, dann hört man den Generator, der wieder anläuft. Cal erscheint; Léone verbirgt ihr Gesicht im Arm und bleibt so die ganze Zeit, während er sie anschaut. Das Licht hat noch ein paar Aussetzer, die Cal von Zeit zu Zeit unterbrechen.

XIX

CAL Hab keine Angst, hab keine Angst, Bébé, das ist der Generator. Die großen Dinger sind nicht leicht zu bedienen. Sieht ganz so aus, als gäb es eine Panne. So was kommt vor. Horn kümmert sich gerade darum. Hab keine Angst. *Er geht auf sie zu.* Ich habe mich gewaschen. *Er schnüffelt.* Ich glaube, ich rieche nicht mehr. Ich habe Aftershave benutzt. Rieche ich noch? *Stille.* Arme Bébé, jetzt wieder Arbeit finden, das wird bestimmt nicht leicht, ha, das kann ich mir vorstellen; vor allem in Paris, Wahnsinn. *Nach einer Weile.* In Paris schneits jetzt, was?

Du hast ganz recht, dass du zurück fährst; ich habs übrigens gewusst, du hast ihn bald über. Ich versteh immer noch nicht, was du an ihm gefunden hast, an Horn. Wie ich dich von weitem gesehen hab, wie du angekommen bist, in diesem Rot, so rot, so elegant, dieser Chic aus Paris, der letzte Schrei, so zart! Und wenn ich dich jetzt sehe... So ein Arschloch, dieser Horn. Kleinen Kinder zeigt man nicht den Keller und den Gully, nein; das hätte er wissen müssen. Sie sollen auf der Terrasse spielen und im Garten, man lässt sie nicht in den Keller. Und trotzdem, Bébé, uns, die wir hier arbeiten, uns hast du ein klein bisschen Menschlichkeit gebracht. Ich kann ihn schon verstehen, den alten Herrn, den alten Träumer. *Er nimmt ihre Hand.* Jedenfalls bin ich froh, dass ich dich kennen gelernt habe, Bébé. Ich bin froh, dass du her gekommen bist. Bestimmt hast du ein falsches Bild von mir, Bébé, ganz bestimmt, da mach ich mir nichts vor. Aber was macht mir das schon aus, was du von mir denkst? Denn du fährst nach Paris zurück, und wir werden uns nie wiedersehen. Bestimmt redest du mit deinen Freundinnen eine Zeitlang schlecht über mich, und solang du an mich denken wirst, ist es bestimmt im Bösen, und bald denkst du überhaupt nicht mehr an mich. Ich jedenfalls war froh, mich mit dir zu unterhalten. *Er küsst ihr die Hand.* Wann sehen wir jetzt wieder eine Frau, eine richtige Frau wie dich, Bébé? Wann haben wir wieder Spaß mit einer Frau? Wann werde ich wieder eine Frau sehen, hier am Arsch der Welt? Hier vergeude ich mein Leben. Hier vergeude ich das, was anderswo die besten Jahre wären. Wenn man allein ist, immer allein, weiß man am Schluss nicht mehr, wie alt man ist. Wie ich dich gesehen habe, ist es mir wieder eingefallen. Jetzt muss ich es wieder vergessen. Und was bin ich hier, was werde ich weiter sein? Nichts. Und alles wegen dem Geld, Bébé; das Geld nimmt uns alles, sogar die Erinnerung an unser Alter. Schau her. *Er zeigt ihr seine Hände.* Kann man noch sagen, das sind die Hände eines Mannes, der jung ist? Hast du in Frankreich schon mal die Hände eines Ingenieurs gesehen? Aber was hätte es für einen Sinn, jung zu sein ohne Geld? Eigentlich frage ich mich, warum lebe ich überhaupt, ja warum.

Das Licht geht endgültig aus.

CAL Hab keine Angst; es ist nur eine Panne; rühr dich nicht. Ich muss jetzt gehen, adieu, Bébé. *Nach einer Weile.* Vergiss mich nicht, vergiss mich nicht.

XX

Letzte Bilder eines umzäunten Geländes in der Ferne.

- Eine erste Funkengarbe explodiert rasch und lautlos am Himmel über den Bougainvilleen.
- Blaues Aufblitzen eines Gewehrlaufs – gedämpftes Geräusch nackter Füße, die über Steine laufen – Geröchel eines Hundes – Aufblitzen einer Taschenlampe – ein paar gepfiffene Töne – Laden eines Gewehrs – kühle Brise.
- Der Horizont überzieht sich mit einem riesigen bunten Feuerrad, das mit leisem Knistern in Funken auf die Siedlung niedergeht.
- Plötzlich Albourys Stimme; aus dem Dunkel tönt ein geheimnisvoller Kriegsruf, den der Wind

kreisend von den Bäumen zum Stacheldraht und vom Stacheldraht zu den Wachtürmen trägt.

– Im Licht der zuckenden Flammen des Feuerwerks und im Krachen der dumpfen Explosionen nähert sich Cal der Silhouette Alboury. Cal legt an, zielt auf den Kopf, der Schweiß perlt ihm von Stirn und Wangen; seine Augen sind blutunterlaufen.
– Da beginnt in den dunklen Intervallen zwischen den Explosionen eine unverständliche Zwiesprache zwischen Alboury und den Wipfeln ringsum – ein ruhiges, gleichmütiges Reden; knappe Fragen und Antworten; Gelächter; eine unergründliche Sprache, die widerhallt und anschwillt, die über den Stacheldraht wirbelt und von oben nach unten den gesamten Raum anfüllt, die Dunkelheit beherrscht und noch über der ganzen versteinerten Siedlung widerhallt in einer letzten Kette von Funken und explodierenden Feuerrädern.
– Cal wird zuerst in den Arm getroffen; er lässt sein Gewehr fallen – Auf einem der Wachtürme senkt ein Posten sein Gewehr; irgendwo anders legt ein anderer Posten an – Cal wird in den Bauch, dann in den Kopf getroffen; er fällt – Alboury ist verschwunden – Dunkelheit.

Tag. Schreie der Sperber am Himmel. Auf den offenen Abzugsgräben klirren Whiskeyflaschen gegeneinander. Hupen eines Lieferwagens. Die Blüten der Bougainvilleen schaukeln; in allen spiegelt sich die Morgendämmerung.

LÉONE *von weitem, und ihre Stimme ist kaum zu hören, fast geht sie im Lärm des Tages unter; sie beugt sich zu dem Fahrer* Haben Sie eine Sicherheitsnadel? Mein Kleid bindet sich los! Mein Gott, wenn Sie keine Nadel bei sich haben, bin ich gezwungen, nach Paris ganz entblößt... *Sie lacht und steigt in den Lastwagen* ...ganz nackt! Zurückzukehren.

Der Lieferwagen fährt ab.

– Vor Cals Leiche – auf seinem zerschossenen Kopf liegt die Leiche eines weißen Köters, der die Zähne bleckt – wischt sich Horn, der mit einem Revolver bewaffnet ist, die Stirn und schaut zu den verlassenen Wachtürmen hinauf.

Hefte
Notizen und Entwürfe

Wie Alboury dem ersten Hund die Stirn bot

Ich dachte: werde ich vor einem Hund Angst haben? Er war ein kleiner weißer Fleck in der Nacht, der mit ohrenbetäubendem Gebell auf mich zurannte und auf dich, Nouofia. Manchmal kam mir seine Stimme furchterregend vor wie die eines Tigers, manchmal piepsig wie die einer Maus, und ich konnte nicht sagen: er ist groß, ich muss fliehen, und auch nicht: er ist so klein, dass ein Fußtritt ihn sofort zu seinen Vorfahren befördert. Außerdem kann ein kleiner Hund eine furchterregende Stimme haben und ein großer eine piepsige Stimme. Aber der kleine weiße Fleck rannte und rannte, und ich konnte mich noch immer nicht entscheiden, ob ich fliehen oder ihm die Stirn bieten sollte; ich stand da und schaute, ich stand da und dachte nach, denn es war wieder Wind aufgekommen, und in meiner Seele war ich bei dir, Nouofia. Dann war es zu spät, um zu fliehen, und ich erkannte endlich die Größe und Stärke meines Feindes.
Als er vor mir war, als sein so rasches und so kurzes Atmen an meinem Ohr dem langen Atem des Windes Widerstand geboten hatte, als wir uns endlich mit Blicken maßen, da stelle ich fest, dass er klein war, klein wie ein Skorpion, der weiße Fleck war nicht größer geworden seit dem Horizont, an dem ich ihn auf uns zurennen sah. Er hatte soviel Blut in den Augen, und sein Atem ging so schnell, dass mir sogar die Lust verging, ihn mit meinem Fuß in das

winzige Reich seiner winzigen Vorfahren zu befördern; er brachte mich zum Lachen, denn nicht ein Haar lag mehr an seinem Körper an, und ich habe ihn gefragt: »So ist es also, wenn er dir steht, Toubab?«

Aber da setzte er schon an zum Sprung auf mich, und ich hatte fast nicht einmal die Zeit zu überlegen: wird er mich in den großen Zeh beißen oder wählt er den Schenkel? Ich habe gedacht: wo wirst du dein Leben enden, kleiner Köter? Doch zu Unrecht habe ich die Kraft seiner Beine und seiner Bosheit verachtet, denn mit einem Satz sprang er hoch zu meinem Kopf, und meinen Kopf biss und kratzte er mit seinen Zähnen und mit seinen Krallen; er sog das Blut ein, wühlte und stieß seine Schnauze und seine Pfoten so tief in Haare, Haut und Knochen meines Kopfes, dass ich große Mühe hatte, ihn loszureißen, bevor ich ihn zertrat wie eine Laus, nach der man lange gesucht hat.

Und dann habe ich ihn dir gezeigt, Nouofia, dir, meiner Seele, dem Vater, Bruder und Sohn meines Stammes. Ich habe meine Hand nach dir ausgestreckt, und jetzt kannst du in meiner Hand diese erste Leiche sehen; denn dir, Nouofia, der du in der Wüste gezeugt wurdest und in der Wüste gestorben bist, werde ich noch eine zweite bringen und nach dieser noch andere, denn den Toten meines Stammes gehört der Tod Toubabs und alles dessen, was er besitzt, seiner Frauen, seiner Diener, seiner Habe und seiner Hunde, xatt bi déloul si xatt bi!

Meine Firma, von Horn

Wenn man schon eine haben muss, dann ist meine eigentliche Familie meine Firma. Der gute alte Laden, wenn man bedenkt, wie lange ich schon für sie arbeite, Herrgott, wie gut sie mich jetzt kennt! Dabei kenne ich sie noch längst nicht ganz. Aber ich weiß, wenn irgendwas schief läuft, dann ist sie für mich da, das sollten Sie mal sehen. Ich habe keine Ahnung, wie sie das schaffen, Herrgott, mit Niederlassungen in der ganzen Welt, überall Baustellen, in Afrika, in Asien, im Nahen Osten, in Amerika, mit wie viel tausend Leuten, die für sie arbeiten? Dabei ist es immer so, als wäre man der einzige, um den sie sich zu kümmern hat. Was für Köpfe müssen das da oben sein, was für ein Kopf, Herrgott! Ich möchte nicht wissen, wer das alles steuert, wirklich nicht. Ich sehe lieber hier mal ein Teil und da mal ein Teil, Stück für Stück. Aber mit dem Kopf, mit dem richtigen Kopf, der alles steuert – vielleicht in Paris, das soll einer wissen –, mit dem möchte ich lieber nichts zu tun haben. Denn wenn der einmal zuschlägt, dann schlägt er richtig zu, Herrgott. Manchmal denke ich darüber nach; nicht oft, aber es kommt schon mal vor. Ich sage mir, so ein Kopf, also mit so was... ich habe keine Angst vor Menschen, ich habe keine Angst vor Aufständen, keine Angst, wenn einer das Maul aufreißt, keine Angst vor Gewehren, keine Angst vor wilden Tieren; selbst Krieg macht mir nichts aus: im Krieg sitzen alle in einem Boot, du hast eine Chance wie jeder andere. Aber was für eine Chance hast du gegen einen Kopf, der in der ganzen Welt Tausende von

Baustellen im Kopf hat, und jedesmal jede einzelne Maschine, jeden LKW, jeden Pfennig, jeden Mann, als wärst du der einzige, und sogar noch jede Flasche Whiskey, die dasteht und von der er weiß, dass sie dasteht, bis zu der Zigarette, die ich rauche und von der er weiß, dass ich sie rauche. Davor, das ist das Einzige, wenn ich es mir manchmal überlege... ja, davor könnte ich Angst haben, Herrgott!

Horn und die Arbeiter

Glauben Sie mir, Monsieur, die Leute mit dem weißen Kragen habe ich nie gemocht. So wie ich vor Ihnen stehe, Monsieur, bin ich ein Prolet, ein echter Prolet, mehr als Sie wahrscheinlich, denn ich habe keine Familie, und ich habe von Kind auf gearbeitet. Warum sollte ich sie mögen, die Leute mit dem weißen Kragen? Jeden für sich genommen oder alle als Ganzes, nein, in dem Punkt können Sie sich auf mich verlassen. Allerdings ist es mit den Proleten genau dasselbe, die mag ich auch nicht – jeden für sich genommen, meine ich. Das bedeutet also, dass ich im Grunde gar niemanden mag, einzeln genommen. Leute habe ich genug kennen gelernt, ein Prolet stinkt, mehr weiß ich nicht; und darin, egal, ob er weiß ist oder schwarz oder alt oder jung, da mache ich keinen Unterschied. Ich habe das Recht, das zu sagen: ich habe dazugehört, und zwar richtig dazugehört. Da stinkts, und diesen Geruch mag ich nicht, und wenn es mein eigener ist. Lieber ist mir da der Geruch von Maschinen oder von Schmierfett. Proleten habe ich mehr kennen gelernt, als mir lieb war, aber für keinen gäbe ich auch nur einen roten Heller, nein, und trotzdem habe ich mich mit denen im weißen Kragen angelegt und war in der Gewerkschaft, aber auf den Proleten spucke ich. Wenn einer mit sechzehn in der Fabrik anfängt... wissen Sie, was ich mit sechzehn machen musste? Die ersten drei Monate drückten sie mir ein Stück Gusseisen in die Hand, ein Stück so dick, Monsieur Alboury, haben Sie schon einmal Gusseisen bearbeitet? Sie haben mir gesagt: das klopfst du flach. Das war nicht der Chef, der das zu mir gesagt hat, woher denn, nicht der im weißen Kragen; der hat damit nichts zu tun. Nein, es war ein Prolet, der mir das gesagt hat: Junge, das klopfst du flach. Und als ich ordentlich gehämmert, ordentlich geschwitzt hatte, als es so flach war, schmal wie mein Finger... da haben sies auf den Schrott geschmissen, Monsieur, und sie haben mir ein neues in die Hand gedrückt, und Schnauze. Warum das Ganze? Um den Arbeiter kleinzukriegen. So heißt das bei ihnen: jemanden kleinkriegen. So kriegen sich die Arbeiter gegenseitig klein, damit sie untereinander gleich sind. Ein Prolet für sich genommen ist genauso mies wie ein Boss, nur dass er nicht reich ist, das ist noch ekelhafter, vor allem noch unverzeihlicher, Monsieur.

Bestattung von Arbeitern

Die Frauen bedecken die Leichen der toten Arbeiter heimlich mit Zweigen und Palmblättern, um sie vor der Sonne und den Geiern zu schützen. Tagsüber, wenn die Baustelle in Betrieb ist, fahren die Lastwagen darüber, und wenn es Nacht geworden ist, kommen wieder die Frauen, um neue Zweige darauf zu legen. Nach einigen Tagen und Nächten sind aus der Vermischung von Zweigen und Fleisch kleine Haufen entstanden, die nach und nach in Erde übergehen.

Léone

Bei ihrer Ankunft – als sie aus dem Flugzeug steigt; während sich auf ihr Gesicht Fäden von Spinnweben senken und auf ihre Schultern, schwer wie Lehm, die Hitze; als sie am sonnen- und wolkenlosen Himmel Adler kreisen sieht; als sie auf einem Fluss eine Gruppe schwarzer Sperber auf einer aufgedunsenen Leiche sitzen sieht, die dickleibig, schon weiß vor Verwesung, langsam dahintreibt – hält sie, mit der Hand vor dem Mund einen leisen Aufschrei zurück:
– Huh, was ist man doch für ein kleines Sandkorn!

Léone sieht jemanden unter der Bougainvillea

Da fällt mir etwas für Sie ein, etwas ganz Zartes! Halten Sie still, lassen Sie mich machen, ich habe schon alles im Auge. Ich nehme, ohne Sie zu behelligen, überall Maß, ich nähe geschwind, ich sticke schnell. Dieses Schwarz soll unter Stoff, dieser Schatten soll ins Licht: ich brauche nichts, als dass Sie eine Sekunde stillhalten. Ich möchte diese Tupfer Mauve, Türkis, Parma zusammenhaben, diese Blümchen aus Karmesin, Zinnober, Gelbrot, und alles von Hand aneinander nähen. Ich mache den Schnitt, schräge Ärmelansätze, auf den Hüften anliegend; vom Kragen bis zur Taille feingezwirnt, ich ziehe Fransen, ich sticke ajour; Smokpartien über den ganzen Rücken, Hexenstiche über die Schultern; ich will dich umgarnen mit meinen Spielereien und gepaspelten Mustern; ich will dich umhüllen, schmücken, überladen, Schwarz, du allerschönste Farbe, wenn du mich nur lässt, sticke ich auf deine Brust, auf ein stilstichgesäumtes Orseilletüchlein, ohne dich zu behelligen, ganz zart, aus Liebe deinen Namen, deinen Namen mit Goldfaden auf Umbragrund!

Nouofias Mutter

Als man die Mutter Nouofias vom Tod ihres Sohnes auf der Baustelle der Weißen benachrichtigt hatte, beschloss sie, sich allen Warnungen zum Trotz, dort hin zu wagen, um Zweige auf die Leiche zu legen und sie so vor den Vögeln zu schützen. Aber zur Vorsicht bestrich sie ihr Gesicht mit weißer Farbe, damit der Tod, der sich dort herumtrieb, sie nicht als die erkannte, die sie war.

Cal, Träumereien eines Ingenieurs, der keinen Schlaf findet

Es gibt zu viele Nächte, alle vierundzwanzig Stunden eine, du kannst machen, was du willst; und zu lang, viel zu lang, mit allem, was sich darin rührt und keinen Namen hat, was sich darin wohlfühlt wie wir am Tag, in unserem natürlichen Element, für sie ist es die Nacht, versteckt hinter Bäumen, an Mauern, versteckt im Gras liegend, hoch oben auf

Palmen, und in mondlosen Nächten versteckt hinter, an, in und auf gar nichts, die Nacht allein reicht ihnen voll und ganz. Wer aber kennt die Anzahl und die Größe, die Absicht und das Ziel dessen, was sich da in der Nacht rührt oder reglos ist, jedenfalls in seinem natürlichen Element lebt? Tagsüber also muss man alles genau beobachten, verfolgen, einfangen, töten, abschlachten, ausrotten, zu Staub zermalmen, worin man eine mögliche Bedrohung erkennt.
Fang am hellichten Mittag einen Boubou und schneide ihm mit einer guten Machete in vier Stücke, und jedes Stück wieder in vier, das ergibt sechzehn Stücke; und jedes dieser sechzehn Stücke, bevor es Nacht wird, solange sie noch Ruhe halten, noch einmal in vier, das ergibt dann vierundsechzig Stücke unschädlichen Boubou, und jedes Stück schneide wieder sorgfältig in vier Teile und wieder in vier und wieder in vier, bis du sechzehntausenddreihundertvierundachtzig kleine, rabenschwarze winzige Stücke hast, die schön Ruhe halten: dann teilst du die Erde in genauso viele Parzellen auf und gräbst jedes kleine Stück Neger tief darin ein. Ist dann für mich endlich an Schlaf zu denken?
Ich glaube, dass aus jedem dieser sechzehntausenddreihundertvierundachtzig Stücke – vier hoch sieben – der schlafenden Welt ein ganz neuer Boubou geboren wird, riesengroß und stark, verdammter Scheißkerl! Und beängstigender als vorher; ich glaube nämlich, das ist die Art, wie sich fortpflanzen.
Wann kann ich endlich ohne Angst und ohne Alpträume schlafen?

Léone

Bei ihrer Ankunft – im Wagen, der sie vom Flughafen abgeholt hat; sie schaut beim Vorbeifahren auf die Afrikaner am Straßenrand, auf den Märkten, wie sie vor den Häusern sitzen; auf geschäftige, dösende, aufbrausende, ausgelassene Afrikaner; unterdessen wischt sich Horn neben ihr über die Stirn.

– Verrückt, was ein bisschen Sonne aus einem Menschen machen kann.

Die Baustelle im Licht der Blitze

Auf einem sich ins Endlose erstreckenden Gelände, das auf dem Kopf steht – auf dem die Pflanzen ihre Wurzeln zum Himmel strecken und ihre Blätter tief in die Erde eingraben –, trippelt ein verschreckter kleiner, weißer Köter zwischen den Hufen eines riesigen Büffels, der schnaufend inmitten rauchender, brodelnder Schlammlöcher vorwärts stampft, die zwischen den Erdschollen Blasen werfen.

Die Geringschätzung der früheren Siedler gegenüber dem Geld, nach Horn

Die Kameraden früher haben es richtig gemacht mit dem Geld, Herrgott! Die wussten, wie man es auf den Kopf haut! Ich erinnere mich an einen, sturzbesoffen, im Wirtshaus in der Stadt, wie er das Klavier kaufen will, er blecht, aber weil die Tür zu klein war und er nicht damit durchkam, lässt er es zersägen, schafft alle Teile raus und schmeißt sie ins Meer. Oder ein anderer, den seine Frau betrog, sie hatte gern schöne Unterwäsche; er geht hin und kauft dem einzigen Händler, der zweimal im Jahr vorbeikommt, alle Damenwäsche ab, wirft alles auf einen Haufen und verbrennt es: jetzt sieh zu, wie du dich anziehst! Und noch einen weiß ich, der sich ganze vier Monate im Jahr besoff und jeden, der wollte, auf seine Kosten abfüllte, bis sein ganzes Geld draufgegangen war. Am Schluss ist er selber draufgegangen, er hat nämlich zu viel verdient. Jedenfalls ist das das einzige, wozu das Geld gut ist.

Der Traum der Siedler vom Landhaus nach Horn

Alle träumen sie von Frankreich, aber alle bleiben. Alle reden sie von einem Haus auf dem Land, in Frankreich, jahrelang machen sie Pläne, aber keine zehn Pferde kriegen sie von hier weg. Sie krakeelen, klar, sie krakeelen, aber eins weiß ich: da, wo Geld zu holen ist, da bringt kein Arschtritt den weg, der hier ist und einmal dran gerochen hat. Und in Afrika ist Geld zu holen. Von ihrem Landhaus in Frankreich habe ich noch keine Ansichtskarte gekriegt, von keinem dieser Träumer!

Cal: Ein weiterer Alptraum

Hier ist der Sex das Allerwichtigste: in Afrika konzentriert sich wirklich alles auf die Fortpflanzungsorgane. Schau dir die Avocadokerne an, schau dir alle Früchte, alle Pflanzen an, es ist furchtbar, ich finde das beängstigend. Als ich zu der Leiche hingegangen bin, habe ich sie mir genau angeschaut; ich habe gesehen, obwohl er tot war, mausetot, hatte dieser Schweinehund noch einen Ständer.

Gemeinplätze über den Hunger

HORN Ein Neger hat nie Hunger und ist nie satt; er kann viel oder ganz wenig essen, zu jeder Tages- und Nachtzeit, oder ganz lange ohne Essen auskommen. Man darf da nicht von unseren europäischen Essgewohnheiten ausgehen: Ein Neger empfindet Hunger und Sattsein nicht wie ein Europäer. Er isst, wenn es was gibt und was es gibt. Und ich kann Ihnen sagen, jeder noch so kleine Bissen, den er in den Rachen kriegt, schlägt bei ihm an.

CAL Hunger, ein Boubou? Schauen Sie sich die an: sie sind alle doppelt so groß und doppelt so stark wie wir!

Woran denken die Frauen?
Fragt sich Léone

Wenn ich einen Weißen und einen Schwarzen sehe, einen Mann oder eine Frau, einen Reichen und einen Armen, sage ich: Woran denken die Frauen? Denn es muss eine Frau dagewesen sein, um sie zu stillen und sich das Gekreische des einen wie des anderen anzuhören, ohne sie mit dem Absatz zu zertreten. Dabei wissen diese Luder genau, wenn sie den einen wie den anderen machen, dass es keinen Ausweg gibt: sie machen einen Schläger oder einen Geschlagenen; welcher ist mehr wert, können Sie mir das sagen? Trotzdem produzieren sie weiter auf Teufel komm raus, und wissen doch genau, die dummen Gänse, dass sie Schläger sattmachen, von denen sie als erste geschlagen werden, oder dass sie

sie großziehen, damit sie besser geschlagen werden können. Seien Sie mir auch still von den möglichen Kombinationen, von Kreuzungen, weiß und Frau, Neger und reich, weiß und arm, Neger und Mann, die sind auch nicht mehr wert, oh nein, es heißt: halb Schläger und halb Geschlagene, sie leben ihr Leben lang in zwei Teile geteilt und schlagen sich selbst, bis nichts mehr übrig ist. Die einen, die das große Los ziehen und ohne Zittern einen Weißen, einen Mann, der dazu noch reich ist, zur Welt bringen, und die anderen, die so was Unmögliches hätscheln und versorgen: eine Frau, eine Schwarze, die arm ist wie eine Kirchenmaus, woran denken sie denn? Ich finde, diese Frauen sind es, die man mit dem Absatz zertreten sollte.

Über die Afrikaner, von Horn

Wer kriegt Afrika zuletzt in die Finger, Russen oder Amerikaner? Keiner weiß es, aber wen interessiert es auch? Die Afrikaner bestimmt nicht, die am allerwenigsten. Und sie haben ganz recht. Die Afrikaner haben gesunden Menschenverstand, das Hirn noch unverbildet, alles, was uns abgeht. Was ich damit meine: worüber lachen sie, und worüber lachen wir? Denn meiner Meinung nach bemisst sich, wie gesund man im Kopf ist, daran, was einen zum Lachen bringt. Und wie bringt man in Europa jemanden zum schmunzeln? Mit Wortspielen, Anspielungen, einem bestimmten Vorwissen, alles höchst komplizierte Dinge, ich selber weiß schon nicht mehr, ob ich sie verstehe... Aber bei den Afrikanern, da braucht es nur anfangen zu regnen, drei

Tropfen auf die Schultern, und sie fangen an zu lachen wie verrückt; es kitzelt, und das reicht. Und wenn es in Strömen regnet, wälzen sie sich am Boden und kriegen sich nicht mehr. Sowas nenne ich klaren, gesunden Menschenverstand, unverbildet eben. In Paris soll es mal regnen... Ich zumindest habe den Spaß an so was von ihnen gelernt. Mein Spaß ist, ihnen morgens zuzuschauen, wenn sie sich am Flussufer waschen; wenn sie sich von Kopf bis Fuß eingeseift haben, weiß und voller Schaum, dann tauchen sie ins Wasser und... wenn ich sehe, wie das Wasser sie abspült, sehe, wie sie herauskommen, sehe, wie sie so lachen, dann muss ich einfach mitlachen und habe meinen Spaß dabei; und ich sage mir: wer wird Afrika bekommen, wer wird es verlieren? Keiner weiß es. Aber ihnen wird nichts weh tun, niemals. Sie werden weiter lachen und weiter zusammengekauert in der Sonne sitzen und warten. Von ihnen habe ich auch gelernt, dass es Spaß macht, stundenlang gar nichts zu tun, nichts zu denken, einfach vor sich hin zu schauen.

Léone, eine Vorstellung, wie ein Leben auf das andere folgt

Ich glaube, im ersten Leben muss man so ein Mann sei wie dieser Cal, so ein schrecklicher Typ; diese Männer verstehen so wenig, sie sind so dumm, oh, so bescheuert, es muss wirklich ihr allererstes Leben sein, diese Gangster. Ich glaube, erst wenn man sehr oft als Mann gelebt hat, lächerlich und beschränkt, brutal und laut, wie es das Leben von Männern ist, kann man als Frau geboren werden.

Und erst, ja, erst nach vielen Leben als Frau, nach vielen sinnlosen Abenteuern, nach vielen unverwirklichten Träumen, dem kleinen Tod immer wieder, erst dann kann ein Neger geboren werden, in dessen Blut mehr Leben und Tode, mehr Grausamkeiten und mehr Niederlagen, mehr Tränen fließen als in jedem anderen Blut.
Und ich, wie oft werde ich noch sterben müssen, wie viele Erinnerungen und unnütze Erfahrungen werden sich noch in mir anhäufen? Es gibt doch ein Leben, das ich am Ende wirklich leben werde, oder?

Cals Gemütszustände

Cal leidet nie und fühlt sich nie glücklich. Aber einmal erstreckt sich vor ihm eine ruhige, sanfte, friedliche Landschaft, und ein andermal erscheint ihm die ganze Welt als eine einzige Kette öder Flächen, die der Gewalt der Hitze und dem Angriff schauerlicher Stürme ausgeliefert ist.

Bild der Morgendämmerung

Über der Siedlung und dem Dorf liegt ein schwerer, farbiger Nebel, hervorgegangen aus der Verdunstung der Träume einer ganzen Nacht, die über den Dächern ineinander verschmelzen, aus dem Alkohol und dem Hass, der sich aufheizt und aus den Poren der Haut und dem Atem der Schlafenden verdampft, aus der Wärme der Menschen.

Cal

Zwei Falten, zart wie zwei Spuren schmutziger Finger, ziehen sich von den beiden äußeren Augenwinkeln zu den Wangen, dann, fast ein Grübchen, eine tief eingekerbte, senkrechte Falte rechts in der Nähe der Lippen. In seinem Innern: ein großer grüner Vogel über der Prärie, in seinen Fängen ein Welpe mit Frauenaugen; sein Hecheln dicht am Ohr.

Léone

Nur zwei Falten, eine um jedes Auge, zwei gleichgroße, kreisrunde Schatten.
In ihrem Innern: im Gras liegend ein Kind in einem Alter, wo zwischen Junge und Mädchen schwer zu unterscheiden ist; im Gesicht und in jeder Beuge seines Körpers eine Traurigkeit, die sehr viel älter ist als es selbst.

Horn

Man erkennt das Alter der Bäume, wenn man sie fällt; auch bei ihm, indem man um seine Augen und um seinen Mund seine Falten zählt, die sich langsam abgelagert haben, wie Schwemmlandboden.
In seinem Innern: eine alte, unbekannte Frau ganz in Schwarz mit verschattetem Gesicht, die sich Abend für Abend lautlos und ohne ein Wort neben ihn hinsetzt bis zum Morgen; er kennt sie nicht, er könnte es beschwören.

Die Nacht kurz vor den Wäldern

Du bist um die Ecke gebogen, als ich dich gesehen hab, es regnet, das macht einen nicht gerade proper, wenn es auf die Haare und die Klamotten regnet, aber trotzdem hab ich mich getraut, und jetzt, wo wir hier stehen, da will ich mich nicht anschauen, ich müsste mich trocknen, wieder da runter gehen, mich wieder in Ordnung bringen, – die Haare wenigstens, um nicht krank zu werden, also eben bin ich runter gegangen, nachsehen, ob man sich wieder in Ordnung bringen könnte, aber da drunten stehen die Idioten rum: die ganze Zeit, wo du dir die Haare trocknest, rühren sie sich nicht, sie bleiben auf einem Haufen, sie lauern hinter einem, und ich bin wieder rauf – es war gerade lang genug zum Pinkeln – mit meinen nassen Klamotten, so bleib ich, bis ich in einem Zimmer bin: sobald wir irgendwo untergekommen sind, ziehe ich mir alles aus, deswegen such ich ein Zimmer, denn bei mir geht nichts, ich kann nicht rein – aber nicht für die ganze Nacht –, deshalb bin ich dir, als du drüben um die Ecke gebogen bist, als ich dich gesehen hab, nachgerannt, ich habe gedacht: nichts leichter zu finden als ein Zimmer für eine Nacht, für einen Teil der Nacht, wenn man es wirklich will, wenn man sich traut, danach zu fragen trotz der nassen Klamotten und Haare, trotz des Regens, der einen außer Gefecht setzt, wenn ich mich in Spiegel anschaue – aber selbst wenn man es nicht will, ist es schwierig, sich nicht anzuschauen, so viele Spiegel hängen hier rum, in den Cafés, den Hotels, denen man den Rücken zukehren muss, so wie jetzt, wo wir hier stehen, wo er *dich* anschaut, ich kehre ihnen immer den Rücken zu, selbst zu Hause, und trotzdem ist alles voll davon, wie hier überall, sogar noch in den Hotels schauen dich hunderttausend Spiegel an, vor denen man sich in acht nehmen muss – denn ich lebe fast seit jeher im Hotel, ich sage ›zu Hause‹ aus Gewohnheit, aber es ist im Hotel, außer heute Abend, wo es nicht geht, aber sonst ist dort mein Zuhause, und wenn ich in ein Hotelzimmer komme, es ist so eine alte Gewohnheit, dann mache ich in drei Minuten wirklich daraus mein Zuhause, mit ein paar Kleinigkeiten, und schon sieht es so aus, als hätte ich immer da gewohnt, sie machen es zu meinem ganz normalen Zimmer, in dem ich lebe, mit all meinen Gewohnheiten, alle Spiegel verhängt und alles leer, ich bin so dran gewöhnt, käme jemand auf die Idee, mich plötzlich in ein Zimmer in einem Wohnhaus einzuquartieren, gäb mir einer eine Wohnung, egal wie eingerichtet, wie die Wohnungen, in denen Familien leben, ich würde daraus beim Reinkommen ein Hotelzimmer machen, nur indem ich darin wohne, durch die Gewohnheit – ich bekäme meinetwegen so eine kleine Hütte, wie in den Märchen, tief in einem Wald, mit mächtigen Balken, einem mächtigen Kamin, mit mächtigen, noch nie gesehenen Möbeln, mit hunderttausend Jahren auf dem Buckel, dann mach ich dir daraus, beim Reinkommen, mit gar nichts und im Handumdrehen ein Zimmer wie die in den Hotels, in dem ich mich zu Hause fühlen kann, ich rücke die Möbel auf einen Haufen vor den Kamin, ich decke die Balken ab, ich gestalte alles um, ich werfe alle Sachen raus, die man nie und nirgends sieht, außer in den Märchen, auch die besonderen Gerüche, die Gerüche nach Familie, und die alten Steine, das alte schwarze Holz und die hunderttausend Jahre, die das alles auf dem Buckel hat und die sich über alles lustig machen, die dich zum Fremden machen, die einem niemals das Gefühl geben können, man sei wirklich bei sich daheim, alles werf ich raus und die vielen Jahre dazu, weil ich so bin, ich mag das nicht, was einen daran erinnert, dass man ein Fremder ist, dabei bin ich es ein bisschen, man sieht es mir sicher an, ich bin nicht ganz von hier – da drunten war es jedenfalls zu sehen, bei diesem Haufen von Idioten hinter mir, nach dem Pinkeln, als ich mir den Pimmel gewaschen habe – man könnte glauben, die Franzosen seien alle solche Idioten, unfähig, sich vorzustellen, nur weil sie es nie gesehen haben, dass man sich den Pimmel wäscht, während es bei uns eine alte Gewohnheit ist, mein Vater hat es mir beigebracht, das macht man immer so bei uns, und ich bleibe dabei, es so zu machen nach dem Pinkeln, und als ich mich eben ganz normal unten am Waschbecken gewaschen habe, und dabei gespürt hab, wie hinter mir all die Idioten rumstehen, da habe ich so getan, als würde ich nicht verstehen, als wäre ich ein völlig Fremder, der das Französisch dieser Idioten überhaupt nicht versteht, und ich habe sie gehört, während ich mich gewaschen habe: – was macht er da wohl, dieser komische Fremde? – er gibt seinem Pimmel zu trinken – wie geht denn das, dass man seinem Pimmel zu trinken gibt? – als würde ich nichts verstehen von dem, was sie sagten, und ich gebe ihm ganz ruhig weiter zu trinken, damit diese idiotischen Franzosen, die hinter mir vor den Waschbecken beieinanderstehen, sich untereinander fragen: wie kann ein Pimmel trinken, und vor allem: wieso kann er Durst haben? dann, als ich mit ihm fertig war, bin ich durch den Haufen hindurchgegangen, immer noch als Fremder, der angeblich nichts verstanden hatte von dem, was sie sagten, und das fällt mir leicht, ich bin nicht ganz von hier, sicher sieht man mir das an, diese phantasielosen französischen Idioten ließen sich da nicht täuschen, und trotz alledem bin ich dir nachgerannt, sobald ich dich um die Ecke biegen sah, trotz all der Idioten, die auf der Straße sind, in den Cafés, in den Untergeschossen der Cafés, hier, überall, trotz des Regens und der nassen Haare bin ich gerannt, nicht nur wegen dem Zimmer, nicht nur wegen dem Teil der Nacht, für den ich ein Zimmer suche, sondern ich bin gerannt, gerannt, gerannt, damit ich mich diesmal, wenn ich um die Ecke bin, nicht in einer Straße befinde, in der du nicht bist, damit ich diesmal nicht nur den Regen antreffe, den Regen, den Regen, damit ich diesmal dich treffe, hinter der Straßenecke, und dass ich mich traue zu rufen: Kamerad! dass ich mich traue, deinen Arm zu packen: Kamerad!, dass ich mich traue, dich anzusprechen: Kamerad, gib mir Feuer, was dich nichts kostet, Kamerad, Scheißregen, Scheißwind, beschissene Kreuzung, es ist nicht lustig, heute Abend hier herumzuhängen, weder für dich noch für mich, aber ich hab keine Zigarette, es war nicht eigentlich wegen dem Rauchen, dass ich gesagt habe, Feuer, Kamerad, es war, Kamerad, um dir zu sagen: Scheißviertel, Scheißangewohnheit, hier herumzuhängen (eine Art, die Leute anzuhauen!), und auch du hängst rum, die Klamotten ganz durchnässt, und fängst dir vielleicht irgendeine Krankheit, ich bitte dich auch nicht um eine Zigarette, Kamerad, ich rauche nicht mal, es wird dich nichts kosten, dass du stehen geblieben bist, weder Feuer noch eine Zigarette, Kamerad, noch Geld (damit du dann gleich verschwindest! heute Abend schau ich nicht auf hundert Francs), und übrigens habe ich selber genug, um uns einen Kaffee zu spendieren, ich spendiere ihn dir, Kamerad, lieber als in diesem komischen Licht herumzuhängen, und damit es dich nichts kostet, dass ich dich angehauen habe – ich habe vielleicht meine Art, die Leute anzuhauen, aber am Ende kostet es sie nie was (ich rede nicht von einem Zimmer, Kamerad, von einem Zimmer, um zu übernachten, denn ein Typ kann noch so in Ordnung sein, da geht ihm die Klappe runter, damit du dann gleich verschwindest!, das Thema Zimmer, das lassen wir, Kamerad), aber ich hab dir von einer Idee zu erzählen, – komm, wir bleiben nicht hier, hier fangen wir uns sicher eine Krankheit – kein Geld, keine Arbeit, das reißt es nicht raus, (ich suche nicht wirklich eine, so ist es eigentlich nicht), also ich habe als erstes diese Idee, die ich dir sagen muss, du, ich, die wir in dieser komischen Stadt herumhängen ohne Geld in der Tasche (aber ich spendiere dir einen Kaffee, Kamerad, ich kanns mir leisten, ich sage jetzt nicht das Gegenteil), denn auf den ersten Blick ist es nicht das Geld, weder bei dir, noch bei mir, das uns unten hält! also ich habe diese Idee, Kamerad, für die wie dich oder mich, die wir kein Geld haben und keine Arbeit, und ich suche auch nicht wirklich mehr eine – denn bei der Arbeit, draußen, da wiegt unsereiner, ohne etwas in den Taschen, nicht sehr schwer, der geringste Windhauch würde uns zum Abheben bringen, man könnte uns nicht zwingen, auf den Gerüsten zu bleiben, außer man bindet uns daran fest: ein kräftiger Windstoß, und wir heben ab, so leicht sind wir –, und in der Fabrik arbeiten, das werde ich niemals, dir lässt es sich nicht leicht erklären, es ist für mich selber schwer, alles gut zu verstehen, ohne etwas durcheinanderzubringen, aber meine Idee, das ist wie – es ist keine Religion, es ist kein Blödsinn, den man irgendwie erzählt, ohne dass das etwas ändert, es ist nicht Politik, vor allem keine Partei oder so was, oder wie die Gewerkschaften, die alles wissen, die über alles im Bild sind, dass ihnen nichts entgeht, also da noch meine Idee dazutun, da gäb es keinen Platz mehr, und das hat nichts miteinander zu tun, nein, meine Idee, das ist überhaupt nicht so was, keine Angst, Kamerad, es ist zu unserer Verteidigung, ausschließlich zur Verteidigung, denn das ist es, was wir machen müssen, uns verteidigen, oder? du glaubst vielleicht: ich nicht, aber ich sage dir trotzdem: vielleicht war ich es, der dich angehauen hat, ich wäre es, der für diese Nacht ein Zimmer braucht (nein, Kamerad, ich habe nicht gesagt, dass ich eins brauchte), ich bin es, der gefragt hat: Kamerad, gib mir Feuer, aber nicht immer ist der, der einen anhaut, auch der Schwächere, und ich hab doch sofort gesehen, dass du nicht sehr stark ausgesehen hast, von da drüben, wie du ganz durchnässt da rumhängst, wirklich nicht sehr taff, während ich trotz alledem noch Reserven habe und diejenigen erkenne, die nicht so stark sind, auf einen einzigen kurzen Blick, wegen ihrem Gang vor allem, allein schon an dieser bestimmten Art zu gehen, nervös, wie bei dir, mit ihrem nervösen Rücken, und der Art, die Schultern zu bewegen, nervös, etwas an ihrem Gang, worin ich mich nicht täusche, auch an ihrem Gesicht, es besteht aus lauter ganz kleinen Eigentümlichkeiten, nicht kaputt oder was, aber nervös! wie du: ein verschwindend kleines Etwas im Gesicht, worin ich mich nicht täusche, selbst wenn sie beim Gehen die Schultern wiegen wie die Strizzis, aber Strizzis mit dünnen Nerven, coole Feger, aber direkt aus ihrer Mutter rausgekrochen, den Oberkörper so, sie wiegen ihn hin und her, als ob nichts wäre, unter dem Regen, aber ich sehe sofort diese Nervosität, die sich nicht verstecken lässt – weil alles, was mit Nervosität zu tun hat, das kommt direkt von der Mutter, und ihre Mutter können sie nicht verstecken, die Feger, egal was sie machen – bei mir ist es eher das Blut und das Knochengerüst und die Muskeln, alles, was vom Vater kommt, die Nerven machen mir nie Probleme, weil mein Vater, der war im Gegenteil ein ganz Taffer, er war der, der sich nicht die Nerven kaputtmacht durch zuviel Denken, dem nichts jemals ein Problem macht, ein Mann ganz aus Knochen, aus Muskeln, ein Mann aus Blut, er hätte heißen können: der Vollstrecker, und auch ich könnte heißen: der Vollstrecker, und deswegen ist die Politik, die Parteien und die Gewerkschaften, die es jetzt gibt, und die Polizei und die Armee, die alle politisch sind, das ist alles nicht das, was ich will, das ist viel zu wirr, vom Kopf her, und mit ihrem Kopf, da stecken sie dich in die Fabrik, aber ich in die Fabrik, niemals!, dabei stecken sie dich am Ende sowieso alle in die Fabrik, aber die Idee, von der ich dir erzähle, ist die: eine Gewerkschaft in internationalem Maßstab – das ist sehr wichtig, der internationale Maßstab (ich werde es dir selber erklären, es ist schwer, alles richtig zu begreifen) – aber keine Politik, nur Verteidigung, ich bin für die Verteidigung gebaut, und da würde ich mich reinhängen, ich wäre der, der hinlangt, in meiner internationalen Gewerkschaft zur Verteidigung der Feger, die nicht taff sind, geradewegs die Söhne ihrer Mütter, die daherkommen wie Strizzis mit dünnen Nerven, die die Schultern wiegen und ganz allein rumhängen, mitten in der Nacht, und sich alle möglichen Krankheiten einfangen können – und genau darin sehe ich die Nutzlosigkeit eurer Mütter, sieh doch die Nutzlosigkeit deiner Mutter: sie gibt dir ein Nervensystem und danach lässt sie dich stehen an irgendeiner Kreuzung unter einem Scheißregen, nicht taff, nicht auf der Hut, denn ich sehe genau, dass du nicht auf der Hut bist, so klein und so nervös wie du bist, du bist nicht auf der Hut, aber bilde dir nicht ein, dass die Schweine nicht da sind, dass sie sich nicht um dich kümmern, ich weiß, dass sie zum Greifen nah sind, und eben bin ich selber auf die Fresse geflogen, beinahe habe ich mich drankriegen lassen, reglos wie du, deswegen sehe ich sie jetzt überall, sie sind da, sie fassen uns an, die übelsten Schweine, die du dir vorstellen kannst, die uns das Leben zu dem machen, was es ist: ich habe immer gedacht, sie sind unsichtbar, da droben versteckt, über den Bossen, über den Ministern, über allem, mit ihren Mörderfressen, ihren Vergewaltigerfressen, ihren Ideenverdreherfressen, mit Fressen, die keine wirklichen Fressen sind wie deine oder meine, und die keine Namen haben: die Clique der Bescheißer, der versteckten Oberficker, der straffreien, kalten, berechnenden, technischen Drecksäue, die kleine Clique der Technikerschweine, die bestimmen; ab in die Fabrik, und Ruhe!, (und in die Fabrik kriegst du mich nie!), die Fabrik, und Schnauze! (und wenn ich meine Schnauze aufmache?), ab in die Fabrik, Schnauze, und wir haben das letzte Wort – und sie haben das letzte Wort, die kleine Zahl von Fickern, die für uns bestimmen, von da oben, untereinander organisiert, untereinander berechnend, technisch in internationalem Maßstab – der internationale Maßstab! meine Idee ist eine Gewerkschaft in internationalem Maßstab: der internationale Maßstab ist wichtig, ich werde es dir erklären – aber jetzt sind wir die Gefickten!, ab in die Fabrik, oder leicht werden, wie du, wie ich, um sich davontragen zu lassen vom kleinsten Windstoß, denn: was können wir ausrichten, du und ich, wenn sie die Ministerien haben, die Polizei, die Armee, die Bosse, die Straße, die Kreuzungen, die Metro, das Licht, den Wind, wenn sie, falls sie wollen, uns wegfegen können von da oben? was könnte ich dagegensetzen, außer meiner Idee von der Gewerkschaft? – du bist nicht auf der Hut, wie ich eben, und dabei sind sie jetzt da, sie machen uns an, sie sind runtergegangen, und beinahe hätte ich mich drankriegen lassen, denn die übelsten Schweine, die du dir vorstellen kannst, verwenden seltsame Formen und seltsame Mittel, ah, wenn sie ganz offen daherkämen, dass man alles sieht in ihrer Fresse, wenn man sofort sehen würde, mit wem man es zu tun hat, und man zuschlagen könnte, aber die Mittel, die sie verwenden, sehen so aus, dass sie sich an uns reiben mit Visagen, dass man nicht an sich halten kann und dass man sich arglos reinreiten lässt von der übelsten Schlampe – aber wie sollst du drauf kommen? ich hätte es nicht gekonnt: wenn ichs mir hätte vorstellen können, dann hätte ich sie so erfunden, so wie ich sie sah, als ich sie angehauen habe: klein, nicht taff, ganz blond mit Gefunkel und Locken, nicht zu viele Locken und nicht zu blond, nur soviel, wie nötig waren, um daran zu glauben, und dass es unmöglich war, ihr nicht hinterher zu rennen, und als ich sie angesprochen habe: hast du kein Feuer, Kameradin, bitte, Verzeihung, Augen, die blicken, wie man es nur erfinden kann, und es glitzert genau so, wie ich es erfunden hätte, um abzuheben, an einem Abend, wo es menschenleer ist und nichts sich abspielt, aber es gibt andere Abende, trotz des Regens, trotz dieses beschissenen Lichts und der Nacht, die allem im Weg sind, wo Mädchen rumhängen – nicht eins allein zufällig, sondern mehrere hintereinander, immer schöner, aber nicht schön, wie du glaubst, schön, wie es schön gar nicht geht, dass du verrückt wirst davon, dass du von Stunde zu Stunde immer verrückter wirst, von Stunde zu Stunde immer unglaublichere Mädchen, man weiß nicht, wann das aufhören wird, es steigert sich, man fängt an, abzuheben, man stellt sich nichts mehr vor, denn da sind diese Mädchen, die vor einem vorbeidefilieren!, und wenn man schon nicht mehr glaubt, dass es noch besser kommen kann, dass man noch verrückter werden kann, indem man sie anschaut, dann erscheint eine wie die eben, bei der man alles stehen und liegen lassen muss, um ihr unbedingt hinterher zu rennen, und man vergisst, dass der Regen und das fehlende Geld einen außer Gefecht setzen, aber zu der da muss man unbedingt hin und sie anhauen, mit ihren Haaren, den Augen so nach unten, nicht taff sieht sie aus, und nicht zuviel Locken: Kameradin, Kameradin! – dann ist es genau da: Kameradin, Kameradin! – da, wo sie auf uns warten, da, wo wir uns drankriegen lassen wie der letzte Idiot: wenn ich gewusst hätte, dass sie auf der anderen Seite war, dass sie eine Schlampe war – komm mit, Minou, heut Abend gehen wir auf Rattenjagd – wenn sie die Fresse gehalten hätte, dann hätte ich nie erfahren, was so eine Fresse alles rauskotzen kann (früher, als ich arbeitete, habe ich geglaubt, dass alle Leute und die Mädchen, die abends rumhängen, im Grunde gleich seien, man könnte mit ihnen reden, man muss sich nur trauen, mit allen Leuten außer der kleinen Clique der Schweine mit den Bescheißerfressen, aber jetzt glaube ich, dass alle auf die andere Seite übergelaufen sind, und ich werde nie wieder hinter einem Mädchen herrennen, das einen verrückt macht, ich werde nie wieder verrückt), sie hat mich nicht erkannt, wegen dem Licht, das uns so ähnlich macht – wir gehen auf Rattenjagd, Minou, und dann bleibst du bei mir! – das sagt sie mir von ganz nah, in dem komischen Café, in das sie mich mitgenommen hatte (an der Hand, an mich gepresst, bereit, die ganze Nacht mit mir zu verbringen, mich auf ihr Zimmer mitzunehmen, bestimmt habe ich ihr gefallen, bevor es mir zuviel wurde, ihren Scheißdreck anzuhören, bevor ihr, was ich sagte, zuviel wurde, haben wir einander gefallen, und alles), aber war es nicht so, dass sie nicht wusste, wer ich war – die Neue Kraft, das sind wir, sagte sie mir, und ich sollte auch mitmachen – ich hätte es gern gewollt, wegen ihrem Blick, bei dem du abhebst, aber die übelste technische und internationale Sauerei hat solche Formen angenommen, sie haben alle Leute auf die andere Seite gezogen, selbst die unglaublichsten Mädchen, die einen verrückt machen würden, wenn sie nicht reden würden, aber bei ihr habe ich Angst gehabt vor dem, was sie mir sagte, vor der Art, wie sie es mir sagte und wo ich nicht anders konnte als zuzuhören, sie erkannte mich immer noch nicht in diesem komischen Café – komm mit uns, Minou, und ich wäre mitgegangen wie der letzte Idiot, wenn mir nicht gerade noch rechtzeitig aus dem Mund gekommen wäre (lauter als ich eigentlich wollte) wer ich war: Kameradin, der und der bin ich, selber ein Fremder, Mitglied der internationalen Gewerkschaft, und alles andere, und jetzt halt die Fresse oder ich schlag sie dir ein – und ich hätte sie ihr eingeschlagen, wenn sie nicht ihre Freunde um sich gehabt hätte, die Freitagsabend-Rattenjäger, ein Kommando von bis an die Zähne bewaffneten Lackaffen, ich, allein, ein Fremder gegen sie alle, wo war ich da hineingeraten wie der letzte Idiot?, bei diesem Licht, in dem man mich verwechselt hatte, aber wenn sie, bevor mir das alles gerade noch rechtzeitig mit aller Gewalt aus dem Mund kam, angefangen hätte zu singen? wenn sie, anstatt das alles rauszukotzen (weil sie mir nicht misstraute), es mir singend gesagt hätte? sie hätte mir irgendwas vorsingen können, ich hätte nicht mehr gekonnt, ich wäre einverstanden gewesen mit allem, nur von dem Klang der Stimme, die sie gehabt hätte, wenn sie gesungen hätte, hätte ich verheimlicht, wer ich war, ich wäre allem beigetreten, der Neuen Kraft, den Faschisten, den Royalisten, Paneuropa, allen Rattenjägern, organisierten Oberfickern, internationalen Bescheißern, ich hätte gesagt, was sie wollte, ich hätte gejagt, wen immer sie wollte, weil sie so schön war, dass du es nicht fasst, wegen dem, was sie versprach für uns, nach der Jagd, wegen dem, was ich ihretwegen stehen und liegen gelassen hatte, um ihr nachzulaufen, und wenn sie gesungen hätte, was hätte ich tun sollen? flüchten? wenn sie ihre Hand auf mein Bein gelegt hätte, was hätte ich dann machen sollen? sie ihr abschneiden? – oder ihn mir abschneiden? damit kriegen sie einen wie die allerletzten Idioten, also muss man ihn festbinden, sogar auf das noch verzichten, um sicher zu gehen, dass sie dich nicht verarschen!, wir, Kamerad, wir Fremden, wir müssen auf alles verzichten und ihn uns gut festbinden: die wichtigste Idee in meiner Idee von einer Gewerkschaft ist die, zu verhindern, dass man geil wird, und zwar immer und überall, solange alles gesteuert wird von der kleinen geheimen Clique, die die Ministerien in der Hand hat, die Polizei, die Armee, die Arbeit und sogar noch die kleinen Schlampen mit den blonden lockigen Haaren, die so wenig taff aussehen, dass es kaum zu glauben ist, die aber wie alle auf die andere Seite übergelaufen sind, zu verhindern, dass man geil wird und dass es einem kommt, es um jeden Preis zurückzuhalten, denn da lauern sie uns auf und würden uns drankriegen, mit aller uns möglichen Kraft und mit allen Mitteln, bis wir gewonnen haben, bis meine Idee von der internationalen Gewerkschaft schließlich gesiegt hat, und dann wird alles uns gehören, die Cafés, die Straße, die Schlampen, die Lackaffen und ihre Waffen, die ganze Erde und der ganze Himmel, und dann sind die Ratten an der Reihe mit dem Spaß, Kamerad, dann sind wir an der Reihe, und ich, der Vollstrecker, ich, der ich aus Knochen und Muskeln und Blut bin, der ich seit jeher verzichten musste, der ich mich seit jeher zurückhalten musste, dann wird es meine Stunde sein, zuzuschlagen, und ich werde nicht darauf verzichten, ich werde überall suchen, wo sind sie jetzt, die, die auf mich gespuckt haben? und ich werde sie alle finden, denn es wird unsere Stunde sein, uns nicht mehr zurückzuhalten, Kamerad: jetzt gebt ihnen ihr Fett, seid geil, fickt, was ihr könnt, alles, was ihr so lange zurückgehalten habt, das spritzt ihnen überall hin, spritzt über ihre Mörder- und ihre schönen Luxusvisagen, über sie, die untereinander ihren Spaß gehabt und so lange mit uns ihren Spaß getrieben haben, – aber dann sage ich auch: wenn ihr irgendwo einen antrefft, wie er rumhängt und immer nur rumhängt, die Schultern locker wie ein Strizzi, einen jener kleinen Nervösen, der geradewegs aus seiner Mutter gekommen ist, den man an einer Straßenecke stehen gelassen hat, ohne Schutz, ohne Grund, der mit wiegenden Schultern immer weiter rumhängt wie die Strizzis, dem tut nichts, schlagt nicht zu, rührt ihn nicht an, es ist noch ein Kind, das man verteidigen muss, – und das ist jetzt meine Idee, und das, kann ich dir sagen, das dauert nicht mehr lange, selbst wenn wir jetzt fast ohne Geld sind, ohne Arbeit, wenn ich ohne Zimmer bin, um mich heute nacht hinzulegen, und wenn du im Augenblick auf der Hut sein musst, und wenn man dich fragt, wer ist der Fremde, der bei dir ist, dann antwortest du: ich weiß es nicht, ich weiß es nicht, und wenn sie hartnäckig bleiben, dann sagst du: ich kenne ihn nicht, es ist jemand, der mich auf der Straße angehauen hat, als ich um die Ecke gebogen bin, er hat mich nach einem Zimmer für die Nacht gefragt, nicht mal für die ganze Nacht, vorher hatte ich ihn noch nie gesehen, denn ich habe von weitem gesehen, dass du ein Kind bist, so ein an der Straßenecke im Stich gelassener Feger, den der geringste Luftzug umbläst und davontragen würde, und wenn ich ihm hinterher renne, einmal, zweimal, dreimal, ist nichts mehr da außer einer leeren Straße und dem Regen, diesmal also wollte ich dich nicht mehr verlieren, ich habe nichts dem Zufall überlassen, ich habe mich vorbereitet: ich habe verhindert, dass die Idioten mir die Straße versperren, ich bin mit ihnen einig geworden, ich habe so getan, als würde ich auf ihren Blödsinn hören, mit allem einverstanden – der Quatsch, der jede Nacht dort draußen erzählt wird, trotz diesem Scheißregen und diesem scheißtraurigen Licht, ist ein komischer Vogel, der nirgendwo existiert außer in dem Kopf der Idioten, und wenn man mit ihnen allen einverstanden sein will, dann sagt man seine Meinung, man denkt sich eine aus, ich habe mir also eine ausgedacht, ich habe verheimlicht, dass ich ihnen fremd war, indem ich über alles meine Meinung sagte, die allgemeinen Probleme, die speziellen Fragen, die Mode, die Politik, und ich habe mich gut gehalten, ich drehte den Rücken zum Wind, ich hielt immer den Rücken zum Wind, damit ich nicht außer Gefecht gesetzt wäre, wenn ich dich anhauen würde, und ich sagte mir: nichts leichter als zu spüren, woher der Wind weht, als die Klöten in seine Richtung zu drehen, dass er nicht dagegen weht – nichts konnte mich verraten, meinen fremden Pimmel hatte ich gut versteckt, ordentlich aufgeräumt, die Hand am Hosenlatz, und ich habe meinen Drang beherrscht, zu pinkeln und mich damit vielleicht zu verraten, einfach so, aus Unachtsamkeit, indem ich ihm zu trinken gab, denn daran hätten sie mich ganz unweigerlich erkannt als ihnen fremd, aber für den Augenblick hielt ich mich gut in diesem komischen Licht, das nichts zeigt, das aus all diesen Café- und Straßenschwätzern Brüder macht mit dem gleichen Blick und den gleichen Sorgen, das den tarnt, dessen Sorge anderswo ist, ihnen allen fremd, mein geheimer Blick suchte weit hinter ihnen, und ich hielt den Rücken wie ihren gegen den Wind gekehrt, lächelnd und einverstanden, schon halb betrunken von den erfundenen Sorgen, ich dachte: meine ist anderswo, und ich muss sie verbergen, und als ich dich gesehen habe, bin ich gerannt, gerannt, gerannt, aber niemand hat mich gehindert, ich hatte mich vorbereitet, ich hatte mich auf ihre Seite begeben, ich hatte ihnen zugehört und verheimlicht, dass ich anders war, und jetzt überrascht sie meine Flucht, ich bin schon an der Straßenecke, als sie aufwachen, als sie mich als Fremden erkennen, als sie mir ihren Quatsch und ihren Blödsinn hinterherschicken, sich darauf vorbereiten, mich sonst wo zu erwischen, vorhin, da unten, aber ich war schon dabei, dich anzuhauen, ich habe gesagt: du bist mir aufgefallen, wie du um die Ecke gebogen bist, Verzeihung, ich bin halb betrunken, ich wirke bestimmt nicht sehr proper, aber ich habe mein Zimmer verloren, ich suche ein Zimmer nur für diese Nacht, einen Teil der Nacht, denn gleich bin ich nicht mehr betrunken, ich brauche fünf Minuten, – ich habe also gesagt, dass ich betrunken war und fünf Minuten brauchte, den Kopf zur einen Hälfte vollgestopft mit Quatsch, zur anderen Hälfte ganz da für dich, den ich mich nicht mehr anzuschauen traute, so durcheinander war ich noch von Mode, von Politik, von Löhnen – als ich gearbeitet habe, da war mein Lohn ein komischer kleiner Vogel, der zu mir hereinflog, den ich einsperrte und der, sobald ich die Tür aufmachte, plötzlich davonflog und nie mehr zurückkam, es blieb nichts anderes, als ihm die ganze übrige Zeit nachzutrauern, jetzt arbeite ich nicht mehr –, aber ich entschied mich immer noch nicht, den zu betrachten, dessen Arm ich endlich gepackt hielt: ich brauche fünf Minuten, damit der Rausch vergeht, dann setzen wir uns hin, ich spendiere einen Kaffee, ich gebe ihm den Platz mir gegenüber, gegenüber dem Spiegel in meinem Rücken, und alles übrige vergess ich, den Scheißregen, das Scheißlicht, die bescheuerten Spaziergänger und die traurigen Farben, die sie mir in den Kopf gesetzt haben, und ich werde ihn anschauen, ich werde mich trauen, trotz der Klamotten, die nicht trocknen, trotzdem werde ich warten, bis ich nicht mehr außer Gefecht gesetzt bin – ich suche ein Zimmer für einen Teil der Nacht, denn meines finde ich nicht mehr: ich wollte dich danach fragen, sobald ich dich um die Ecke biegen sah, um nichts auf der Welt hätte ich einen der Idioten danach gefragt, mit denen ich rumgegangen bin, obwohl ich ihnen nicht ähnlich bin (das fällt sicher auf), aber ich bin mit ihnen gegangen aus tausend Gründen, und dabei hielt ich immer ein Hälfte meiner selbst geheim, auf der Suche nach einem Zimmer, in dem ich nicht immer mit einem Dummkopf zusammen bin, gezwungen, zu verheimlichen, dass ich ein Fremder bin, gezwungen, über Mode zu reden, über Politik, über Löhne, das Essen, alle diese idiotischen Franzosen mit ihren gleichen Visagen und ihren gleichen Sorgen, sogar im Regen reden sie noch vom Essen, drehen den Rücken gegen den Wind und reden immer weiter vom Essen, und ich sagte zu allem ja, um gleich danach frei zu sein, um zu rennen, zu rennen, zu rennen, ich, der nicht isst, der ich nichts esse, der ich Tag für Tag leichter werde, der ich nicht schwer werde, um heimlich das suchen zu können, was ich suche, weit hinter den draußen in den Cafés im Kreis herumstehenden Essern, ich sagte zu allem ja, ich sagte zu allem ja, ich berauschte mich an dem Essen, von dem sie reden, und spürte dabei, wie der Wind in meinem Rücken mich schwanken ließ, mich davongetragen hätte, wenn ich mich nicht unauffällig an den schweren Essern festgehalten hätte und an ihrem bleischweren Quatsch, er hätte mich davongetragen, so leicht werde ich, wie der Luftzug dich an den Straßenecken immer wieder davontrug, als ich dich bemerkte, einmal, zweimal, dreimal, und schon von weitem sah, dass du noch ein Kind warst, da habe ich alles stehen- und liegengelassen, der Wind hat mich hochgehoben, und ich bin gerannt, ich habe kaum gespürt, ob ich den Boden berührte, so schnell wie du, ohne Hindernis diesmal, um dich endlich anzuhauen: halt mich nicht für einen Schwulen, Typ, weil ich renne, weil ich dich am Arm packe, weil ich dich anhalte, weil ich mit dir spreche, ohne dich wirklich zu kennen, aber dazu kenne ich dich gut genug, Typ, um darüber mit dir über das zu reden – ein Mädchen auf einer Brücke – was ich nicht für mich behalten kann, – davon abgesehen, würde ein Schwuler sich trauen, dich anzusprechen, wo er nicht proper und nicht flüssig ist, mit nassen Klamotten und Haaren? jetzt siehst du mich so, den Kopf nicht ganz klar (aber das wird vorbeigehen), und auf den ersten Blick habe ich klar gesehen, dass du der anständige Typ bist, mit dem man reden kann: ich weiß ihren richtigen Namen nicht, der, den sie mir gesagt hat, war nicht ihrer, also werde ich auch nicht sagen, wie sie ausgesehen hat, niemand wird je erfahren, wer mit wem eine ganze Nacht lang auf der Brücke geschlafen hat, mitten in einer Stadt, Spuren sind da drüben noch zu sehen, auf dem Stein: du spazierst irgendwo herum, eines Abends siehst du zufällig ein Mädchen, das sich über das Wasser beugt, zufällig gehst du hin, sie dreht sich um, sagt dir, mein Name ist Mama, sag mir deinen nicht, sag mir deinen nicht, du sagst ihr deinen Namen nicht, du sagst ihr, wo gehen wir hin? sie sagt, wo möchtest du hingehen? wir bleiben hier, oder?, also bleibst du hier, bis sie im Morgengrauen geht, die ganze Nacht frage ich, wer bist du? wo wohnst du? was machst du? wo arbeitest du? wann sehen wir uns wieder? sie sagt, über den Fluss gebeugt: ich verlasse ihn nie, ich gehe von einer Uferböschung zur andern, von einem Steg zum andern, ich gehe den Kanal hinauf und komme zurück zum Fluss, ich schaue den Kähnen zu, ich betrachte die Schleusen, ich suche den Grund des Wassers, ich setze mich ans Ufer oder ich beuge mich drüber, reden kann ich nur auf den Brücken oder auf den Uferböschungen, und nur da kann ich lieben, anderswo bin ich wie tot, den ganzen Tag langweile ich mich, und jeden Abend komme ich zurück zum Wasser, und wir gehen nicht mehr auseinander, bis es Tag wird –, da ist sie abgehauen und ich habe sie abhauen lassen, ohne mich zu rühren (morgens sind die Brücken voller Leute und voller Polizisten), bis Mittag bin ich mitten auf der Brücke geblieben, es ist nicht ihr richtiger Name, und ich habe ihr meinen nicht gesagt, niemand wird je erfahren, wer wen eines Nachts geliebt hat auf der Brüstung der Brücke (mittags ist sie voller Lärm und voller Polizisten, man kann nicht regungslos sitzen bleiben mitten auf einer Brücke, da habe ich am Tag auf die Mauern geschrieben: Mama, ich liebe dich, Mama, ich liebe dich, auf alle Mauern, damit sie es unmöglich überlesen kann, ich werde die ganze Nacht auf der Brücke sein, Mama, auf der Brücke von vergangener Nacht, den ganzen Tag bin ich gerannt wie ein Irrer: komm zurück, Mama, komm zurück, ich habe geschrieben wie ein Irrer: Mama, Mama, Mama, und nachts habe ich mitten auf der Brücke gewartet, und sobald es Tag geworden ist, habe ich auf den Mauern wieder angefangen, auf allen Mauern, damit es nicht sein konnte, dass es ihr nicht unterkommt: komm zurück auf die Brücke, komm nur einmal zurück, ein einziges kleines Mal, komm eine Minute zurück, damit ich dich sehe, Mama Mama Mama Mama Mama Mama, aber Scheiße, ich habe eine Nacht lang gewartet wie ein Idiot, zwei Nächte, drei Nächte und mehr, ich habe alle Brücken abgesucht, ich bin jede Nacht mehrmals von einer zur andern gerannt, es sind einunddreißig Brücken, nicht gerechnet die Kanäle, und am Tag habe ich geschrieben, die Mauern waren davon bedeckt, sie musste mich gelesen haben, aber Scheiße, sie ist nicht gekommen, und sie würde nicht mehr kommen, aber ich habe weiter auf die Mauern geschrieben und ich habe weiter die Brücken abgesucht, es sind einunddreißig Brücken, nicht gerechnet die Kanäle, und ich habe sie nie wiedergetroffen, über das Wasser gebeugt, und jetzt machen diese Geschichten mich fertig, weil, wenn es zu weit geht, bringt es alles durcheinander, ich kenne eine Frau, die daran gestorben ist, dass es so weit ging, es macht mich fertig, wie viele es wären, die daran sterben würden, wenn das leichter wäre, wie viele weit gehen würden, wenn es eine Methode gäbe, wenn man keine Angst hätte vor der Methode, man kann nie sicher sein, ob es klappt, es kann lange dauern, und an dem Tag, an dem man eine gottverdammte sanfte Methode erfunden und an alle ausgeteilt hätte, da käme es zu einem Massaker wegen solcher Geschichten, die immer zu weit gehen, ein gottverdammtes Massaker, wie bei der Frau, bei der es geklappt hat, nachdem sie Erde gefressen hat, sie geht auf den Friedhof, sie buddelt neben den Gräbern, sie nimmt Erde in ihre Hände, die unterste Erde, und isst sie – wenn man hinhört auf sich bei solchen Geschichten, wenn man sich gehen lässt, dann dreht man durch –, denn es ist Friedhofserde, die, die die Särge berührt: du, der du die Toten kalt machst, du, die du gottverdammt daran gewöhnt bist, alles erfrieren zu lassen bis auf den Grund und ohne dass man jemals wiederkommt, mach ein für alle Mal mich Närrin kalt! – wer hat ihr erzählt, dass dieser Dreh funktioniert? dieser übergeschnappten Nutte, die Erde geschluckt hat, bis sie draufging, mitten auf dem Friedhof, wie ich sie gesehen habe – dass jemand ihr *den* Dreh erzählt hat, das macht mich fertig, bestimmt eine andere alte Nutte, die sich auskennt – ein gottverdammtes Massaker, und alles ganz sanft! – aber nicht jeder frisst Erde, wenn die Methode erfunden wäre, (statt der Erde ein feines Pulver, das man beim Schlucken gar nicht merkt, gratis für alle, und das einen wieder beruhigt, für den Fall, dass es zu weit geht), alle würden sich kaltmachen bei der kleinsten Geschichte, denn wenn man es mit sich machen lässt, dann gehen die klitzekleinen, die allerkleinsten weit, und sie bringen einen völlig durcheinander, dabei war die, die ich meine, eine Nutte, ich hatte sie eines Nachts in ihrer Straße gesehen, an einem Fenster im vierten Stock, und bin ihr von da gefolgt bis zum Friedhof, wie soll man so was glauben von einer Nutte, jetzt werden sogar *die* verrückt, nachher zeige ich dir das Fenster, also ich bin jetzt eher für eine schnelle Nummer und dann fürs Abhauen:

haut das für dich hin? alles klar! – abhauen, bevor sie anfängt zu reden oder ich tue, als versteh ich nicht, sonst sagt sie dir alles, was es braucht, um dich irre zu machen, also ich mache da lieber meine Nummer: geht das so für dich? o.k? – und haue ab, ganz locker, gerade noch vor den großen Phrasen, übrigens reicht ein einziges Mal, um zu wissen, was zu wissen ist, um kennenzulernen, was es kennenzulernen gibt, ich könnte hunderttausend Jahre mit einer Frau leben, ohne nach dreihunderttausend Jahren mehr von ihr zu wissen als das, was ich beim allerersten Mal wusste, deswegen bin ich eher für die Art: passt es dir? dann komm! – und dann schnell abhauen, indem ich weiß, was es zu wissen gibt, denke, was zu denken ist, meine Vorstellung darüber habe, denn, Typ, was glaubst du? wie soll man eine Vorstellung über jemanden haben, ohne mit ihr gevögelt zu haben? hunderttausend Jahre mit ihr, ohne zu vögeln, und du weißt immer noch nichts außer den großen Phrasen, die dich verrückt machen, was weißt du von ihr durch die großen Phrasen, wenn du nicht weißt, wie sie vorher ist, wenn du nicht weißt, wie sie sich bewegt, wie sie atmet, ob sie redet und Zicken macht, oder ob du ihr im Gegenteil wirklich gut gefällst und sie nichts sagt, sich zurückhält, alles geheimhält nur für dich und für sich, was weiß man von jemandem, wenn man nicht weiß, wie sie nach dem Vögeln atmet, ob sie die Augen geschlossen oder offen hält, wenn man nicht lange dem Geräusch lauscht und der Zeit, die sie für einen Atemzug braucht, wo sie ihr Gesicht hinlegt und wie es jetzt aussieht, je länger die Zeit ist, in der sie atmet und du ihr reglos zuhörst, wie sie atmet, um so mehr weißt du alles von ihr, aber sobald sie die Augen aufmacht, sich wieder aufrichtet, sich auf das Kinn stützt, dich anschaut, wieder anfängt zu atmen, wie irgendwer, ihren Mund aufmacht, wo du siehst, wie die großen Phrasen sich fertigmachen zum Start, dann bin ich fürs Abhauen, und: alles klar? alles klar! – aber an dem Abend war ich allein in der Nuttenstraße, ein Freitagabend, als ich noch arbeitete und am Tag drauf nicht arbeitete, da schaue ich hoch, und ich sehe am Fenster eines vierten Stocks den Kopf einer Nutte, die völlig durchgedreht aussieht – wenn du willst, dann schauen wir es uns an, das Fenster, das ich meine, allein gehe ich nicht hin, sie machen mich kirre, vor allem an einem Abend wie heute Abend, nicht dass ich vor dem Freitagabend mehr Angst hätte als vor den anderen Abenden, im Gegenteil, jetzt wo ich nicht mehr arbeite, da trauere ich ihm nach, dem Freitagabend und der darauffolgenden Nacht, wo man am Tag drauf nicht arbeitet, wo alle ihre Müdigkeit in der Visage stehen haben, aber nicht schlapp machen und sich aufregen, einen draufmachen, alle brüllen und reden davon, sich in die Fresse zu schlagen, hier brüllen die Typen viel, aber mit dem sich in die Fresse schlagen lassen sie sich Zeit – bei uns hauen sie gleich zu, ohne zu brüllen, wir haben da keine Hemmung, aber hier stellen sie dir kilometerlange Fragen: willst du was? hast du was gesagt? was schaust du mich so an? was ist so komisch? fasst du mich an? – wenn du ihn anfasst, dann fragt er dich einen Kilometer lang, ob du ihn wirklich anfasst, bevor er dir in die Fresse haut, ich haue sofort zu, ohne auch nur ein bisschen

Hemmung zu haben, das kannst du mir glauben, aber da schaue ich hoch, in einem Fenster im vierten Stock, die durchgedreht aussehende Nutte, die ihr Fenster aufmacht, sie blickt über ihre Schulter zurück und öffnet es vorsichtig, verschwindet im Innern, kommt dann zurück, mit ihrem wirklich völlig durchgedrehten Gesicht und einem großen Haufen Kleidern auf dem Arm, wir gehen gleich dorthin, wo es war, wenn du nicht zuviel Angst hast, bei mir gibts das nicht, ich schlage zu, wenn man mir was sagt, da sehen alle in der Nuttenstraße eine Hose, die wie ein Sack mitten auf den Gehsteig fällt, und eine rote Jacke, die wie ein Fallschirm schwebt, einen Slip und ein Hemd, federleicht wie aus Seide, die an der Laterne hängen bleiben, die Krawatte pendelt hin und her, alle betrachten das völlig durchgedrehte Gesicht der Nutte, die an ihrem Fenster lehnt, die zuschaut, wie die Kleider herunterfallen und schweben – jetzt ist er nackt, er ist nackt! – da ist einer an eine Verrückte geraten, denken sich alle auf der Straße, die auf den Gehsteig schauen und auf den Rest, der wie eine Fahne an der Laterne hängt, wie soll man das von einer Nutte glauben, selbst die Nutten werden riskant, denken alle und fangen sogar an der Nuttenstraße zu zweifeln an, wohin soll man gehen? wohin? sagen sich alle und schlagen den Kragen hoch, und alle wenden sie sich ab – wohin jetzt, wohin, fragen sie sich, als ob man ihnen von ganz da oben auf einem Plan Zonen eingezeichnet hätte, in denen sie die ganze Woche über zu sein hätten und deren Tore jeden Freitagabend aufgehen in Richtung Nuttenstraße oder das übrige, und sonst: wohin?, keine andere Lösung, und ich habe, seit ich nicht mehr arbeite, die ganze Reihe der Zonen ausfindig gemacht, die die Schweine für uns auf ihren Plänen aufgezeichnet haben und in die sie uns mit einem Bleistiftstrich einsperren, die Arbeitszonen für unter der Woche, die Zonen fürs Motorrad und die für die Anmache, die Frauenzonen, die Männerzonen, die Schwulenzonen, die Zonen für die Trauer, die Zonen zum Schwatzen, die Zonen des Kummers und die des Freitagabends, die Zone des Freitagabends, die ich verloren habe, seit ich alles durcheinandergebracht habe, und zu der ich zurück will, so wohl fühle ich mich da, so sehr, dass ich es dir gar nicht sagen kann, aber seither arbeite ich nicht mehr und alles ist durcheinandergeraten auf ihren beschissenen Plänen, jeden Abend habe ich gesucht, wo der Freitagabend war, wo es mir gut ging, ohne Arbeit morgen, ich habe auf einer Brücke gevögelt, ich bin in fremden Vierteln rumgehangen, so allein, wie es nicht zu sagen ist, du kommst mit, damit wir uns dort zurechtfinden, du brauchst dann keine Angst zu haben, denn ich schlage schnell zu und ohne Hemmung, und am Freitagabend haben die aufgeregten Typen mit ihrer Müdigkeit und ihrer großen Schnauze mehr Angst als wir, sie brüllen sich an vor Angst, sie prügeln sich vor Angst, sie schlagen sich die Fresse ein mit mehr Angst als wir in ihren Fäusten, in ihren Beinen, in ihren Mündern, Angst, dass man sie anschaut, Angst, dass man sie nicht anschaut, Angst, dass man sie auslacht oder dass man nichts von ihnen denkt, Angst vor den anderen Fegern, die ihnen zu sehr ähneln, und noch viel mehr Angst vor denen, die ihnen überhaupt nicht ähneln, du kommst mit und ich zeige dir das Fenster, in dem die Nutte den heruntersegelnden Kleidern nachgeschaut hat, da siehst du einen Typ, fuchsteufelswild, die Haare stehen ihm auf dem Kopf zu Berge, weggehen mit Karacho, und dahinter die Stimme der Nutte: er ist nackt unter seinem Mantel, er ist nackt unter seinem Mantel! – der Typ, der seine Jacke einsammelt, seine Hose, und der fuchsteufelswild hinaufschaut zu seinem Hemd, seinem Slip und seiner Krawatte, die wie Fahnen oben auf der Laterne wehen, alle schlagen sich den Kragen hoch und fragen sich: wohin? wohin? die Nutte läuft hinter dem Typen her wie eine Verrückte, selber halb nackt, du siehst, wie der Typ in sein Auto steigt, den Motor anlässt, und die Nutte, die sich an der Tür festhält, die auf die Kühlerhaube steigt: lasst ihn nicht fahren, lasst ihn nicht fahren! – und der Typ fuchsteufelswild, der trotzdem losfährt, alle entfernen sich und schauen über die Schulter zurück und überlegen, wo sie hingehen können, wohin, Herrgott, wenn selbst die Nutten, wie soll man das glauben von einer Nutte, da lässt sie sich von dem Auto herunterfallen, legt sich vor die Räder, und der Typ, fuchsteufelswild, muss anhalten, er hupt wie verrückt, aber die Nutte bleibt vor dem Wagen liegen, alle gehen weg mit hochgeschlagenem Kragen: Hilfe, Hilfe, lasst ihn nicht weg! – alle sind weg, bis auf ein paar alte Nutten, bestimmt ist es eine von denen, die ihr den Tipp gegeben hat: du gehst auf den Friedhof, die Erde ist es gewohnt, die verrücken Weiber und die verrückten Typen abzukühlen, wer hat ihr gesagt, dass dieser Dreh funktioniert? und jetzt macht mich das kirre, allein in diese Straße zu gehen, denn ich frage immer: kanntet ihr die Nutte, die gestorben ist, weil sie Erde gefressen hat? sie halten mich für verrückt, habt ihr die Nutte aus dem vierten Stock gekannt? sie rufen die Luden, damit ich abhaue, aber ich habe sie tot auf dem Friedhof gesehen, und wenn ich jetzt nur dran denke, Alter, wenn ich nur dran denke, dann macht mich das krank, dass ich Lust kriege zu trinken (wäre nicht das Problem mit dem Geld), abzuhauen von hier (wenn ich wüsste wohin), in einem Zimmer zu sein, Alter, in dem ich reden kann, hier schaff ichs nicht, zu sagen, was ich dir sagen will, man müsste anderswo sein, mit niemandem um sich herum, ohne dieses Problem mit dem Geld und ohne diesen Scheißregen, ganz bequem, als würde man im Gras sitzen oder so was, man müsste sich nicht mehr rühren, seine ganze Zeit vor sich, mit dem Schatten der Bäume, und dann werd ich sagen: das ist mein Zuhause, ich fühle mich wohl, ich lege mich hin und Ciao, aber das, Alter, ist nicht möglich, hast du es schon erlebt, dass man dich irgendwo in Ruhe lässt, hast du schon mal erlebt, dass man dich sich hinlegen lässt und Ciao? niemals vergisst man dich, Alter, da mach dir keine Sorgen, man kümmert sich um dich, man tritt dich in den Arsch, man lässt dich nicht in Ruhe, sie müssen dich weghaben, sie sagen dir: geh dahin, und du gehst dahin, geh dorthin, und du gehst dorthin, heb deinen Arsch da weg, und du packst deine Koffer, als ich gearbeitet habe, habe ich meine Zeit damit verbracht, meine Koffer zu packen: die Arbeit ist anderswo, immer anderswo muss man sie suchen –

keine Zeit, sich ins Gras zu legen und zu sagen: Ciao, mit Arschtritten hauen sie dich weg, die Arbeit ist dort, und nochmal dort, weiter weg und noch weiter weg, bis nach Nicaragua würden sie dich schicken, ganz locker, denn die aus solchen Ländern, denen treten sie ganz locker in den Arsch, und wenn sie hier ankommen, kein dran Denken ans Reden, kein dran Denken ans Schlafen, kein dran Denken, abzuheben, wenn du arbeiten willst, dann geh von hier weg, wenn man sich das dann gefallen lässt: wir Idioten hier lassen uns mit Fußtritten bis nach Nicaragua schicken und die Idioten von dort lassen es sich gefallen und kommen hierher, aber die Arbeit ist immer irgendwo anders, und nie kannst du sagen: hier bin ich daheim und ciao (deswegen ist es bei mir so, wenn ich einen Ort verlasse, kommt es mir immer so vor, ich gehe da weg, wo ich mehr daheim war als dort, wo ich hingehen werde, und wenn man dich wieder in den Arsch tritt und wenn du wieder weggehst, bist du dort, wo du hinkommst, noch fremder, und immer so weiter: du bist immer fremder, du bist immer weniger daheim, man treibt dich immer weiter, dass du nicht weißt, wo du hingehst, und wenn du dich umdrehst, Alter, wenn du zurückschaust, dann siehst du immer, immer nur Wüste), aber dass man einmal wirklich halt macht und sagt: leck mich am Arsch, ich mache keinen Schritt mehr, und jetzt hört ihr mich an, wenn man sich tatsächlich einmal ins Gras legt und man sich die Zeit nimmt, sich zu erklären, wenn du deine Geschichten erzählst, und die, die man von Nicaragua oder von egal wo mit Arschtritten hierher getrieben hat, die ihren erzählen, wenn man sich sagt, dass wir alle mehr oder weniger Fremde sind, aber ciao, jetzt hören wir ruhig an, was wir einander zu sagen haben, dann sieht man es ja, und ich habe es gesehen, dass sie uns verarschen, ich bin stehen geblieben, ich habe hingehört, ich sage mir: ich werde nicht mehr arbeiten, solange sie uns verarschen, wozu ist das gut, dass Nicaragua hierher kommt und ich dorthin gehe, weil es überall anders genauso ist, und als ich noch gearbeitet habe, habe ich über meine Idee einer internationalen Gewerkschaft geredet zu den in den Arsch Getretenen von überall, die hier ankommen, um Arbeit zu finden, und sie haben mir zugehört, und ich habe den Nicaraguas zugehört, die mir von daheim erzählten, da drüben gibt es einen alten General, der alle seine Tage und seine Nächte am Rand eines Waldes verbringt, man bringt ihm sein Essen, damit er nicht weggehen muss, und er schießt auf alles, was sich bewegt, man bringt ihm Munition, wenn er keine mehr hat, sie haben mir erzählt von einem General mit seinen Soldaten, die dort drüben den Wald umzingeln und die alles zur Zielscheibe machen, was über den Blättern fliegt, alles, was am Waldrand erscheint, alles, was sie sehen, was nicht die Farbe der Bäume hat oder was sich nicht genauso bewegt, sie haben mir zugehört und ich habe ihnen zugehört, und ich habe mir gesagt: anderswo ist alles genauso, je mehr ich mich in den Arsch treten lasse, um so fremder werde ich, sie werden hier enden und ich dort drüben, – drüben, wo alles, was sich bewegt, sich in den Bergen, an den Seeufern, in den Wäldern versteckt hat, während ein General und seine Soldaten die Wälder durchstreifen, die

Seeufer absuchen, jeden Wald umzingeln, und sie nehmen alles zur Zielscheibe, was davonfliegt, alles, was abhaut, alles, was sich bewegt, alles, was nicht dieselbe Farbe und nicht dieselbe Bewegung hat wie die Steine, das Wasser und die Bäume, ich habe mir das angehört, und ich bin stehen geblieben, ich mache keinen Schritt mehr, ich sage: hier bin ich zu Hause, wenn es keine Arbeit gibt, arbeite ich nicht, wenn die Arbeit mich verrückt macht und sie mir in den Arsch treten, dann arbeite ich ebenfalls nicht, ich will mich hinlegen, ich will mich einmal richtig erklären, ich will Gras, den Schatten der Bäume, ich will drauflosbrüllen und drauflosbrüllen können, selbst wenn sie deswegen auf mich schießen, denn am Ende machen sie genau das: wenn man nicht einverstanden ist, wenn man die Schnauze aufmacht, dann muss man sich in einem Wald verstecken, und sie machen einen nieder mit der Maschinenpistole, sobald sie sehen, dass du dich bewegst, gut, mein Pech, ich hätte dir wenigstens gesagt, was ich dir zu sagen habe, hier kann ich es nicht, aber irgendwo anders, in einem Zimmer, wo man übernachten könnte, einen Teil der Nacht, denn ich werde gehen, bevor es Tag wird, bevor du die Schnauze voll hast, ich werde rechtzeitig gehen, bevor du selber abhauen willst, denn wenn du die Schnauze voll hättest, wenn du mich hängen lässt, mitten drin, bevor ich Zeit gehabt habe, ich bin nicht der sensible Typ, dem das was ausmachen würde (und du kannst tun, was du willst), aber ich kenne Rambotypen, du nimmst die Rambos mit den härtesten Bandagen, ohne Bluff oder so was, die draufhauen und keine Angst vor Blut haben, nicht sensibel oder so was (die Art von Rambos, wo es dir lieber ist, dass sie sich nicht für dich interessieren, wenn sie in Fahrt sind), also wenn du den Typen einfach so, ganz ruhig, ohne dass geprügelt wird, einen kleinen Nadelstich in den Arm versetzt, so dass sie ganz plötzlich einen kleinen Blutstropfen sehen (von ihrem eigenen Blut, ganz ruhig, ohne dass sie in Fahrt sind, ohne wirklich einen Grund), dann wird der härteste Rambo weiß, er kippt aus den Latschen, er verdreht die Augen wegen diesem Nichts und wieder Nichts, also ich bin nicht der sensible Typ, aber wenn du husch husch abhauen würdest, es ist übrigens nicht nur das, aber wenn du mich für eine Niete halten würdest, denn heute könntest du das glauben, denn heute gehts nicht gut, ich kann nicht wirklich zufrieden sein, nicht wie die hier, immer ein zufriedenes Gesicht, immer drauf und dran, ihren Spaß zu haben, ich habe immer im Hinterkopf, und immer wieder fallen sie mir ein, die Geschichten von dem Wald, in dem nichts sich traut sich zu rühren wegen der Maschinenpistolen, oder die Geschichten von der Nutte, die man beerdigt, ohne dass man was von ihr erfährt, während die hier nichts im Hinterkopf haben, sie sind bereit, zufrieden zu sein, bereit, sich zu amüsieren, bereit, soviel Spaß zu haben, wie sie können, egal wo, egal wann, ohne an etwas anderes zu denken als an ihre kleine Nummer, alle diese idiotischen Franzosen, die bereit sind, in ihrer kleinen Ecke ihre kleine Nummer abzuziehen und nichts im Hinterkopf zu haben, was sie daran hindern würde, alles zuzuspritzen, uns ihren dreckigen Saft in die Fresse zu spritzen, während ich diese Geschichten im Hinterkopf habe, ich sage nicht, dass es nie geht, als wär ich der Typ, dem es nie wirklich richtig kommt wegen dieser Geschichten, manchmal geht es mir sogar gut, sehr gut, so wie jetzt, wenn du nicht abhaust und ich Zeit habe, aber im Hinterkopf, da ist es immer traurig, wie ich es dir gar nicht sagen könnte, auch mit dieser Geschichte, dass du vielleicht die Schnauze voll hast, (weil ich vielleicht heute eine Niete bin, aber eines Tages), und dass du vorher abhauen könntest, also ich bin nicht der sensible Typ (du kannst tun, was du willst), aber ich würde mir dann ich weiß nicht was sagen, dass ich sein möchte wie irgendetwas, was kein Baum ist, irgendwo in einem Wald versteckt in Nicaragua, wie der kleinste Vogel, der über die Blätter fliegen möchte, und überall drum herum Reihen von Soldaten mit Maschinenpistolen, die auf ihn zielen und auf seine Bewegung lauern, und was ich dir sagen will, das kann ich dir nicht hier sagen, wir müssen das Gras finden, in das wir uns legen können, mit einem ganzen Himmel über unseren Köpfen, und dem Schatten der Bäume, oder ansonsten ein Zimmer, in dem wir Zeit haben, aber wenn du glaubst, dass es nur ein Zimmer ist, was ich suche, nein, ich bin nicht müde, und nichts ist leichter zu finden als ein Zimmer für eine Nacht, die Gehsteige sind voll mit Zimmersuchern und Zimmeranbietern, und wenn du glaubst, es sei nur, um zu reden, nein, das brauche ich nicht, wie draußen all diese Idioten, ich bin nicht wie sie, ich bin eher der Typ, der, statt dass er redet, einer schönen Frau hinterhergeht, um sie anzuschauen, und nur um sie anzuschauen, warum was anderes machen als eine schöne Frau anschauen, und ich bin sogar der Typ, der, statt dass er eine Frau anschaut, einfach nur geht, und das genügt mir als Beschäftigung, mein ganzes Leben will ich rumgehen, von Zeit zu Zeit rennen, an einer Bank halt machen, langsam gehen oder schneller, ohne je zu reden, aber bei dir ist es nicht dasselbe, und zwar schon seit ich dich gesehen habe, und jetzt muss ich dir alles erklären, weil ich angefangen habe, ohne dass du abhaust und mich stehen lässt wie einen Idioten, auch wenn ich jetzt beschissen aussehe, weil meine Haare und meine Klamotten nicht trocknen und ich nicht den Spiegel in meinem Rücken betrachten möchte, während dich der Regen nicht einmal nass gemacht hat, es hat an dir vorbeigeregnet, die Stunden gehen an dir vorbei, da habe ich recht gehabt, dass ich verstanden habe, dass du nur ein Kind bist, alles geht an dir vorbei, nichts rührt sich, nichts fängt an, beschissen auszusehen, ich weiche den Spiegeln aus und schaue dich unaufhörlich an, dich, der sich nicht verändert, und wenn nicht das Problem mit dem Geld wäre, würde ich uns ein Bier spendieren – lieber als einen Kaffee –, und dann würds uns richtig gut gehen, wir würden ein paar Gläser trinken, wie ich es schon den ganzen Abend möchte, eins habe ich schon getrunken und noch eins oder drei oder vier oder mehr, ich weiß nicht mehr wie viel, mein ganzes Geld, was ich auf den Kopf hauen wollte, würden wir jetzt auf den Kopf hauen, wenn es nicht so wäre, dass sie es mir gerade vorhin geklaut haben, ich hatte genügend Geld für den ganzen Abend, um soviel Bier zu trinken, wie du wolltest, und o.k. zu sein, aber sie haben es mir in der Metro geklaut, eine verdammte Sauerei, ich habe für den Abend nur noch das, was ich vorne in der Hosentasche hatte, gerade genug für zwei Kaffees, und dabei bin ich ihnen nachgerannt, als hätte ichs drauf angelegt, bis sies mir geklaut hatten und mich verprügelt noch dazu, im Gang in der Metro waren zwei Halbstarke, mit der Visage, der dus ansiehst, zwei Halbstarke, die auf was aus sind, die was vorhaben, zwei aufgemotzte Halbstarke, dass ich immer Lust habe, hinter ihnen herzurennen, um dem einen oder dem anderen zu sagen: gib mir deine Klamotten, deine Schuhe, deine Haare, deinen Gang und deine Visage, so wie sie sind, ohne was dran zu ändern, ich geb dir dafür, was du willst (und wenn er sie mir geben würde, würde ich mich nicht mal umdrehen, um zu sehen, was aus mir wird), sie haben sich nicht umgedreht, sie hatten mich nicht gesehen, und ich lasse sie nicht aus den Augen und ich steige hinter ihnen in die erste Metro und sage mir: ich lade sie ein, und wir trinken ein Bier, wir verbringen den Abend zusammen, und es langweilt sich keiner – aber in der gleichen Zeit spüre ich in meinem Rücken, wie einer der beiden mit der Hand in meine Hosentasche langt, wie er meine Brieftasche rauszieht, ich rühre mich nicht gleich, ich spüre, ich bin voll in Form, da sage ich mir, Typ, keine Schlägerei, ich rede mit ihnen, und es gibt keinen Grund, dass das nicht klappt, ich drehe mich um, ich sage, o.k., sei kein Arsch, ich lade euch ein, und wir trinken ein Bier, danach sehen wir, was wir machen, zusammen langweilen wir uns nicht –, der Halbstarke hinter mir schaut seinen Kumpel an, sie sagen nichts, als hätten sie mich nicht gesehen, – o.k., seid keine Ärsche, ihr gebt mir mein Geld zurück, wir gehen einen trinken, wir reden und machen was zusammen – sie schauen sich immer noch an, als würden sie mich nicht verstehen, und dann, ganz allmählich, verständigen sie sich mit den Augen, sie fangen an zu reden, immer lauter, damit alle es hören, immer noch, ohne mich anzuschauen: was will denn der da? will er uns anmachen oder was? was ist mit dem Typ? warum geht der uns auf den Sack? – sie schubsen mich zur Tür: den Schwulen holen wir uns raus bei der nächsten Station und geben ihm eins in die Fresse – da sage ich: o.k., ihr gebt mir mein Geld zurück, und das wars, aber sie sagen: der Schwule soll nur warten, wir geben ihm eins in die Fresse – niemand reagiert, niemand glaubt das mit dem Geld, alle glauben das mit dem Schwulen, und bei der ersten Station werde ich rausgeschmissen, ohne dass jemand sich rührt, und als sie mich zusammengeschlagen haben wie den letzten Schwulen und abhauen mit meiner Kohle (trotz allem, was ich brülle und was keiner glaubt), rühre ich mich nicht gleich: vor allem, Typ, reg dich nicht auf, setz dich auf die Bank, rühr dich nicht, bleib da –, ich schaue, ich lausche, das ist alles, und es geht gut: da ist Musik, weit weg in meinem Rücken, da hält ganz hinten im Gang wohl einer die Hand auf (das ist o.k., Typ, aber vor allem rühr dich nicht), gegenüber, auf dem anderen Bahnsteig, sitzt eine alte Verrückte, mit Kleidern ganz in gelb, sie macht Zeichen und lächelt (ich schaue, ich lausche, es geht immer noch gut), an dem Geländer oben ist gerade eine Frau stehen geblieben, um zu verschnaufen, gerade neben mir setzt sich ein Araber hin und singt ganz leise arabisches Zeug vor sich hin (ich sage mir, reg dich vor allem nicht auf, Typ, nur das nicht), und vor mir sehe ich, ich bin mir ganz sicher, ich sehe: ein Mädchen im Nachthemd, die Haare auf dem Rücken, geht mit geballten Fäusten an mir vorbei in seinem weißen Nachthemd, und gerade vor mir verzieht sich seine Visage, es fängt an zu heulen, es geht weiter bis an das Ende des Bahnsteigs, mit wirren Haaren, die Fäuste so, und in seinem Nachthemd, da auf einmal hab ich die Schnauze voll, diesmal reichts, ich halte mich nicht mehr zurück, ich habe die Schnauze voll von all diesen Leuten, von jedem einzelnen mit seiner kleinen Geschichte in seiner kleinen Ecke, von der Visage von jedem, ich habe die Schnauze voll von allen und ich habe Lust zu prügeln, die Frau, die sich da oben ans Geländer klammert, habe ich Lust zu verprügeln, und den Araber, der sich ganz allein sein Zeug vorsingt, den habe ich Lust zu verprügeln, den Bettler in meinem Rücken, ganz hinten im Gang, die alte Verrückte gegenüber, ich habe die Schnauze voll von ihren Visagen und von diesem ganzen Chaos, und auch von dem Mädchen im Nachthemd, am anderen Ende des Bahnhofs, das immer noch heult, und ich haue gleich zu, ich habe Lust, draufzuschlagen, Typ, auf die alten Weiber, die Araber, die Bettelmusikanten, die gekachelten Wände, die Züge, die Kontrolleure, die Polizisten, draufzuschlagen auf die Fahrkartenautomaten, die Plakate, die Lichter, diesen Scheißgeruch, diesen Scheißkrach, ich denke an die Liter Bier, die ich schon getrunken hatte und die ich noch getrunken hätte, bis keins mehr reinpasst in meinen Bauch, ich habe dagesessen mit dieser Lust, zuzuschlagen, bis alles aufhört, bis alles stillsteht, und da auf einmal steht wirklich alles still: die Metro fährt nicht mehr, der Araber verstummt, die Frau da droben hört auf zu atmen, und das Mädchen im Nachthemd hört man nicht mehr schniefen, alles hört mit einem Mal auf, bis auf die Musik ganz hinten, und die alte Verrückte die den Mund aufgemacht hat und die anfängt zu singen mit einer unmöglichen Stimme, der Bettler da drüben spielt das, ohne dass man ihn sieht, und sie singt dazu, sie geben einander Antwort und singen zusammen, als wäre es einstudiert (eine unmögliche Musik, etwas aus einer Oper oder so ein Quatsch), aber so laut, so gemeinsam, dass alles wirklich aufgehört hat, und die Stimme der Alten in gelb erfüllt alles, ich sage mir: o.k., ich stehe auf, ich spurte durch die Gänge, ich springe die Treppen hoch, ich verlasse den Untergrund, und draußen renne ich, ich träume noch von Bier, ich renne, von Bier, von Bier, ich sage mir: was für ein Saustall, die Opernarien, die Frauen, die kalte Erde, das Mädchen im Nachthemd, die Nutten und die Friedhöfe, und ich renne, ich spüre mich nicht mehr, ich suche etwas, das wie Gras ist in diesem Chaos, die Tauben fliegen über den Wald, und die Soldaten schießen sie ab, die Bettler halten die Hand auf, die aufgemotzten Halbstarken gehen auf Rattenjagd, ich renne, ich renne, ich renne, ich träume von dem geheimen Gesang der Araber untereinander, unter Kameraden, ich finde dich und ich halte dich am Arm, ich habe soviel Lust auf ein Zimmer, ich bin ganz durchnässt, Mama Mama Mama, sag nichts, rühr dich nicht, ich schaue dich an, ich liebe dich, Kamerad, Kamerad, ich habe jemanden gesucht, der wie ein Engel wäre in diesem Saustall, und du bist da, ich liebe dich, und das übrige, Bier, Bier, und ich weiß immer noch nicht, wie ich es sagen könnte, was für ein Chaos, was für ein Saustall, Kamerad, und dann immer der Regen, der Regen, der Regen, der Regen.

Bernard-Marie Koltès
geboren am 9.4.1948 in Metz, gestorben am 15.4.1989 in Paris. Regieausbildung an der Theaterschule des TNS in Strasbourg, arbeitete als Regisseur und Autor für Theater und Rundfunk, Reisen nach Südamerika und Afrika. Ibsen-Preis 1984.

Theaterstücke: *Bitternisse (Les amertumes).* Nach Maxim Gorki. Uraufführung: Théâtre du Quai Straßburg, 1970, Regie: Bernard-Marie Koltès. *Dumpfe Stimmen (Des voix sourdes).* U: Vereinigte Bühnen Graz/Steirischer Herbst, 7.10.1992, R: Peter Schubert. *Das Erbe (L'Héritage).* U: Schauspiel Bonn, 17.11.1991, R: Valentin Jeker. *Sallinger (Sallinger).* U: Théâtre de l'Eldorado Lyon, 1977, R: Bruno Boëglin. DE: Schauspiel Bonn, 15.12.1995, R: Valentin Jeker. *Die Nacht kurz vor den Wäldern (La nuit juste avant les forêts).* U: Festival d'Avignon, Juli 1977, R: Bernard-Marie Koltès. DE: Studiotheater München, Mai 1983, R: Sigrid Herzog. *Kampf des Negers und der Hunde (Combat de nègre et de chiens).* U: Théâtre des Amandiers Nanterre, 22.2.1983, R: Patrice Chéreau. DE: Schauspielhaus Zürich, 31.3.1984, R: Henri Hohenemser. *Quai West (Quai Ouest).* U: Publiekstheater Amsterdam, 19.10.1985, R: Stephan Stroux. DE: Schauspielhaus Bochum, 26.11.1986, R: Nicolas Brieger. *Tabataba (Tabataba).* Einakter. U: Théâtre Ouvert/Festival d'Avignon, 1986, R: Hammou Graïa. DE: Kulturzentrum in der Futterfabrik Aarau, Oktober 1991, R: Claudia Kort. *In der Einsamkeit der*

Baumwollfelder (Dans la solitude des champs de coton). U: Théâtre des Amandiers Nanterre, 27.1.1987, R: Patrice Chéreau. DE: Kammerspiele München, 20.12.1987, R: Alexander Lang. *Rückkehr in die Wüste (Le retour au désert).* U: Thalia Theater Hamburg, 17.9.1988, R: Alexander Lang. *Roberto Zucco (Roberto Zucco).* U: Schaubühne am Lehniner Platz, 12.4.1990, R: Peter Stein
Prosa: *Flucht zu Pferd bis ans Ende der Stadt (La fuite a cheval tres loin dans la ville)*, Paris 1984. *Prolog (Prologue)*, Paris 1991.

SIMON WERLE
geboren 1957, studierte Romanistik und Philosophie in München und Paris. Übersetzer – insbesondere von Theatertexten – aus dem Französischen, Englischen, Italienischen und Altgriechischen. Autor von Erzählungen (zuletzt *Abendregen*, 1999), Opernlibretti (zuletzt *Jahrtausend*, 2000) und Theaterstücken (zuletzt *Das Blut des Falken*, 2002)

BERNARD-MARIE KOLTÈS
IM VERLAG DER AUTOREN

ROBERTO ZUCCO / TABATABA
Deutsch von Simon Werle
Roberto Zucco kann als ein Abkömmling von Brechts Baal gelten: ein maßloses Individuum, dessen Entgrenzungswillen in sexueller Gewalt und Mord endet.
Tabataba: Eine heiße Sommernacht im Innenhof eines Hauses: Anstatt sich in den Straßen Tabatabas zu vergnügen, bleiben Petit Abou und seine ältere Schwester Maïmouna zuhause und ergehen sich in Vorwürfen über ihr verpfuschtes Leben und die Schande, den Erwartungen der Gesellschaft nicht gerecht zu werden.

RÜCKKEHR IN DIE WÜSTE
Deutsch von Simon Werle
Mir ihren Kindern kehrt Mathilde in ihren verhassten französischen Heimatort zurück, aus dem sie vor Jahren vertrieben wurde. Nun will sie Rache üben und erhebt Ansprüche auf das geerbte Elternhaus, in dem sich ihr Bruder Adrien mit seinem Sohn verbarrikadiert.

SALLINGER
Deutsch von Corinna Frey und Simon Werle
Als einzigem Familienmitglied war dem Rotfuchs einst der Ausbruch aus der Enge des Elternhauses geglückt. Nun hat der eigenwillige Außenseiter sich erschossen – und wird zu Pro-

jektionsfläche der unerfüllten Sehnsüchte wie der verdrängten Ängste seiner zerstrittenen Familie.

FLUCHT ZU PFERD BIS ANS ENDE DER STADT
Roman. Deutsch von Simon Werle
Ein schwarzes Märchen voller Schrecken und Poesie. Nachrichten vom Rande der Nacht, wo Küsse und Bisse nur schwer zu unterscheiden sind. Ein wilder Traum, gezähmt allein durch die wunderschöne Sprache von Koltès.

PROLOG UND ANDERE TEXTE
Deutsch von Simon Werle. 168 Seiten
Immer wieder benennt Koltès die Schwierigkeit, das Leben eines Menschen zu erzählen. Und doch scheint *Prolog* aus dem Anfang allen Erzählens zu kommen. Neugierig umkreist der Autor seine Figuren, wechselt die Perspektiven, lässt mal diese, mal jenen richten und erreicht so, dass man als Leser »das Interesse an der Wahrscheinlichkeit rasch zugunsten des Interesses an der Wahrheit« aufgibt.
Wie in *Prolog* beschwört Koltès auch in den beiden sich anschließenden Novellen die für sein Werk so charakteristische Atmosphäre aus brutaler Erotik und lüsterner Gewalt herauf, jene Mischung aus tropischer Hitze und urbaner Kälte, die sich dank der strengen Sprache zum modernen Märchen verdichtet.

Verlag der Autoren